I0686152

n°13

HISTOIRE

DE

L'ANCIENNE UNIVERSITÉ

DE GRENOBLE;

PAR M. BERRIAT-SAINT-PRIX;

LUE A LA SOCIÉTÉ ROYALE DES ANTIQUAIRES DE FRANCE,

LES 19 AVRIL ET 9 MAI 1820,

ET INSÉRÉE, EN VERTU DE SES DÉLIBÉRATIONS, DANS LE TOME 3.ᵉ

DE SES MÉMOIRES.

PARIS,

DE L'IMPRIMERIE DE J. SMITH, RUE MONTMORENCY.

1820.

630

HISTOIRE

DE L'ANCIENNE UNIVERSITÉ

DE GRENOBLE :

LUE A LA SOCIÉTÉ ROYALE DES ANTIQUAIRES DE FRANCE,
LES 19 AVRIL ET 9 MAI 1820 (a).

Oɴ ignore généralement, même à Grenoble, que cette
ville ait eu jadis une Université. Les deux historiens
du Dauphiné, Chorier et Valbonnais, en font, il est
vrai, mention; mais le dernier ne la cite presque que
pour annoncer sa suppression en même temps que
sa création (1); et si Chorier donne quelques détails
de plus, outre qu'ils sont en quelque sorte perdus
dans le très-petit nombre de passages où l'auteur les
a glissés, ils sont si peu satisfaisans et offrent tant
d'incertitude, qu'on n'en est guère plus avancé (2).

Nous avons essayé de suppléer à leur silence par
des recherches dans les archives publiques (3) et les

(a) Une partie en avait été lue le 23 septembre 1819 à la
société des sciences de Grenoble. *Voy.* ci-après, note 128.

(1) Valbonnais, Hist. du Dauphiné, ij, 411 à 414.

(2) Nous les citerons dans les notes du présent mémoire.

(3) Nous avons puisé une grande partie de nos documens
dans les archives de la mairie de Grenoble, et surtout dans les

1 *

632

auteurs contemporains. L'aridité de ce travail ne nous a point rebutés. Nous avons pensé que tout ce qui tient à l'histoire de notre pays doit intéresser nos compatriotes, et que, d'ailleurs, en montrant que l'érection de l'Université actuelle de Grenoble n'est qu'une restitution faite à cette ville, nous fournirions de nouveaux motifs d'y maintenir un établissement qui lui est si utile.

———

On ne connaît pas précisément l'époque où l'on érigea l'Université de Grenoble, parce que l'édit de l'établissement primitif n'existe plus (4). Lorsque la ville de Valence demanda sa suppression au 16.ᵉ siècle, nos consuls le faisaient remonter à l'année 1340 (5), époque où Humbert II transféra à Grenoble le Conseil delphinal établi en 1337 à Saint-Marcellin. Ils se fondaient sur ce que, dans l'ordonnance publiée pour cette translation, le Dauphin disposa que quatre des membres du Conseil seraient docteurs en droit, et pourraient être pris parmi les professeurs de l'Univer-

registres des conclusions ou délibérations de son conseil de ville ou conseil municipal, dont il y a un recueil complet et infiniment précieux depuis l'an 1500 jusqu'à nos jours. Nous les citerons par les signes *Reg. mss.* (Registres manuscrits.)

(4) Voy. Valbonnais, ij, 411.

(5) Voy. minute d'un mémoire, au sac des archives de la mairie, coté *Université*, n.° 914.

Dans une requête du 31 mars 1566 (*même sac*) on fait même remonter l'érection jusqu'à 1328.

sité (6) : mais cette clause même prouve l'existence antérieure de notre académie.

En effet, on a découvert un édit du 25 juillet 1339, où Humbert, après avoir annoncé qu'il a obtenu du pape Benoît XII la création d'une Université à Grenoble, prescrit des mesures et accorde des priviléges pour y attirer un grand nombre d'étudians. La création de notre Université est donc antérieure au 25 juillet 1339 : Valbonnais (7) présume que c'est de peu de temps ; il se fonde sur un passage d'un autre édit de la même année, où Humbert dit : *Villa Gratianopolis ubi* NUPER *studia generalia impetravimus.* Et, en effet, c'est ce qu'on peut induire de cette expression *nuper*, quoiqu'un peu vague, mais seulement par rapport à l'époque où Humbert obtint les bulles de confirmation du Pape ; car il est probable que l'enseignement du droit à Grenoble était de beaucoup plus ancien, puisque, dans des actes de 1333 et 1336 (8), Amblard de Beaumont, protonotaire du Dauphin, prend en même temps la qualité de *professor juris civilis* (9).

Quoi qu'il en soit, l'édit du 25 juillet 1339, rapporté

(6) Voy. Valbonnais, ij, 401.

(7) Voy. id., ij, 411, note (b).

(8) Voyez-les dans Valbonnais, ij, 246 et 310.

(9) D'ailleurs, dans l'ordonnance de 1340, que nous citerons bientôt, Humbert dit : OLIM *in concessione privilegiorum studii nostri Gratianopolitani.* Il ne se serait pas servi du mot *olim*, si l'érection de l'Université eût été très-rapprochée de l'an 1339.

en entier par Valbonnais (10), supplée par ses dispo-sitions à l'édit primitif de création ainsi qu'aux bulles de confirmation de l'Université, que les Papes étaient alors en possession de donner (11). On y lit que dans la ville de Grenoble il y aura toujours une Université où l'on enseignera le droit civil, le droit canonique, la médécine et les arts, *ut in ea essent* perpetuò *generalia studia in utriusque juris, medicinæ et artium facultatibus, etc.*

Cette expression *perpetuò* est d'autant plus remar-quable, qu'à la fin de l'édit, le Dauphin en jure sur l'évangile, pour lui et pour ses héritiers et succes-seurs, l'observation perpétuelle ; de sorte qu'on ne put dès-lors priver la ville de Grenoble de cet établis-sement, sans porter atteinte au contrat de transport du Dauphiné qui maintenait les priviléges accordés aux villes, et qu'on ne se décida sans doute dans la suite à unir l'Université de Grenoble à celle de Valence que parce qu'on ignorait l'existence de l'édit de 1339.

Le même édit prouve combien le Dauphin atta-chait d'importance à cet établissement. Indépendam-ment des priviléges qu'il accorde aux élèves, tels que l'exemption du service militaire, il ordonne de dé-truire toutes les forges qui existaient dans un rayon de trois lieues aux environs de Grenoble, afin de prévenir par-là l'enchérissement du bois ; clause sin-gulière, au sujet de laquelle Chorier remarque, avec

(10) Voy. Valbonnais, ij, 412.
(11) Voy. id., ij, 413.

son élégance accoutumée, que *le froid est ennemi des fonctions de l'esprit* (12).

D'autres actes d'Humbert II prouvent aussi et son intention de maintenir l'Université, et la mise en activité de cet établissement. Le 13 mai 1340 (13) il ordonne de nouveau la destruction des forges voisines, confirme tous les priviléges de l'Université (*studii nostri Gratianopolitani*), et donne pouvoir au recteur de veiller à leur conservation (*inspectionem penes rectorem dicti studii remanere volumus*). Le 2 octobre suivant, il adresse au recteur et au collége des lettres (14) par lesquelles il nomme Hugues de Galbert professeur des décrétales ; enfin, le 27 mars 1345, il nomme Jacques de Ruffo professeur de droit civil ou de droit canonique, au choix du recteur (15).

Nous ignorons le temps précis où l'Université de Grenoble cessa d'être en activité. Nous pouvons seulement présumer qu'elle fut maintenue pendant le règne d'Humbert II, puisqu'il y attachait tant d'importance, et pendant celui de ses premiers successeurs, qui ne devaient pas oublier les conditions sous lesquelles il leur avait donné ses états. Elle existait encore sous le règne de Louis XI, du moins si l'on s'en rapporte au témoignage de Chorier, puisqu'après avoir indiqué la création et la confirmation de

(12) Voy. Chorier, Hist. génér. du Dauphiné, ij, 288.

(13) Voyez cet acte dans Valbonnais, ij, 411.

(14) Voyez-les dans Valbonnais, ij, 424.

(15) Voyez ces dernières lettres dans Valbonnais, ij, 505.

l'Université de Valence, faites par ce monarque en 1452 et 1475, cent vingt ans après l'institution de celle de Grenoble, il observe (16) que le Dauphiné eut alors deux Universités. Enfin il est énoncé dans une délibération du 25 août 1542, dont nous allons parler, que l'Université de Grenoble avait *demeuré long-temps* (17).

Ce qu'il y a de certain, c'est qu'à cette dernière époque elle n'existait plus, lorsqu'un prince de la maison de France, François de Bourbon, comte de Saint-Pol, grand-oncle de Henri IV, se trouvant gouverneur du Dauphiné, entreprit de la rétablir et d'en confirmer les anciens priviléges sur la demande du conseil de la cité.

Cette réintégration fut prompte. Dès le premier septembre suivant (18), les lettres du comte de Saint-Pol qui l'ordonnaient, furent enregistrées, et l'Université installée, en présence du conseil de la ville et d'un grand nombre de notables, dans le réfectoire du couvent des Cordeliers, alors existant sur l'emplacement actuel de la citadelle. Elle était déjà composée de trois docteurs régens, l'un en théologie, le second en médecine, et le troisième en droit civil. Celui-ci était Pierre Bucher, qui fut bientôt nommé doyen de l'école et ensuite procureur général au

(16) Voy. Chorier, Hist. génér., ij, 453 et 454.
(17) Voy. reg. mss. des conclus. de Grenoble, d. date, f.° 55.
(18) Voy. d. reg. mss., 1.er septembre, f.° 56.

parlement (19), fonctions qu'il cumula pendant une vingtaine d'années.

Vers le même temps, l'enseignement du droit éprouvait une révolution. André Alciat, appelé en France par la munificence et le goût éclairé de François I.er, avait mêlé la culture des lettres à l'étude de la jurisprudence ; il avait le premier fait usage, dans les chaires, d'une latinité élégante, bien opposée au langage barbare des disciples ou admirateurs de Bartolle. Mais cette révolution, achevée dans la suite par Cujas, ne pénétra pas rapidement dans nos pays. On y pensait encore que les Universités d'Italie, toujours asservies à la méthode et au jargon des Bartolistes, l'emportaient en science et en talens sur les écoles de toutes les autres contrées (20). Le premier soin des consuls et docteurs régens de Grenoble fut de se procurer un professeur italien (21). Leur choix

(19) Il est qualifié de doyen dès le 3 mars 1550, Voy. *d. reg. mss.*, *d. date*, *f.* 392. Il fut nommé procureur général le 15 avril 1553. V. *Chorier, Etat polit. du Dauphiné*, *ij*, 148. Et il est cité souvent, dans les délibérations, en cette qualité. On l'appelait d'abord Buchechier. Voyez *Chorier, Hist. génér.*, *ij*, 575.

(20) Dans la seconde conduite passée avec Govéa le 29 avril 1558, on décida qu'il *lirait* LE BARTOLLE. V. *reg. mss. de Grenoble*, *d. date*, *f.* 154. Au seizième siècle, il y avait aussi à Padoue un professeur chargé d'expliquer *Glossam*, *textum et* BARTOLLUM, dit Comnéne, *Hist. Gymn. Patavini*, *t.* 1, p. 258. Quant au crédit des écoles italiennes, voy. *Heineccius, de secta Tribonian.*, *in ej. oper.*, *iij*, 173, *n.* XI.

(21) Voy. *d. reg. de Gren.*, 12 et 14 janv. 1543, f. 98 et 102.

tomba malheureusement sur un jurisconsulte d'une
famille puissante de Quiers en Piémont, établie depuis peu en Savoie.

Nous voulons parler de Matthieu Gribaud, ou Gribald, ou Gribaldi de Moffa, seigneur de Fargies (22),
paroisse de la commune de Colonges, près de Genève, et proche parent de Vespasien Gribaldi, qui
fut, au bout d'une vingtaine d'années, archevêque de
Vienne (23).

Gribald était déjà connu; il avait enseigné à Quiers,
à Toulouse et successivement à Valence, en 1540 et

(22) Il est appelé dans les délibérations *M. de Fargies*, nom
à l'égard duquel nous avons vainement compulsé les biogra-
phies et bibliographies anciennes et modernes, et les auteurs
du seizième siècle. Après de longues recherches, un passage
de la vie latine (il est omis dans la traduction *in-12, Genève,*
1681, *p.* 112) de Calvin, par Théod. de Bèze (ad ann. 1555,
in *t.* 1 *oper. Calvini, edit. in-f.° de* 1671), et où l'on dit d'un
jurisconsulte, nommé *Gribaldus*, qu'il était *dominus Fargia-
rum*, nous a mis sur la voie. Enfin nous avons trouvé dans nos
registres la copie d'une procuration passée à M. Matthieu Gribald de Moffa, seigneur de Fargies; et l'on voit dans une délibération que c'est le même qui fut professeur à Grenoble.
(Voy. *d. reg. mss.,* 18 *août* 1548, *f.* 184.) Comme le nom de
Gribald, indépendamment de ces deux actes, est encore répété
dans un compte, nous avons dû le préférer à celui de *Gribaud*
dont se sert Bayle, et à celui de *Gribaldi* qu'emploient Chauffepié (*iij,* 23) et la biographie Michaud (*xviij,* 472), h. v.
Dans ses ouvrages, il est nommé *Matthæus Gribaldus-Moffa,*
jurisconsultus Cherianus.

(23) Voy. Chorier, état polit., i, 344; Grillet, dictionn. du
Montblanc, iij, 272.

1541 (24), et cette dernière année il avait publié, sur
la méthode d'étudier le droit, un traité qui a été réimprimé plusieurs fois, et qui est cité avec éloge par
des jurisconsultes du 17.ᵉ et même du 18.ᵉ siècle (25);
enfin, depuis son premier professorat à Grenoble, il
mit au jour divers ouvrages d'histoire et de jurisprudence assez estimés, tels que des distiques sur la vie
des jurisconsultes, des commentaires sur plusieurs
titres du Digeste, des opinions, etc. (26). Il justifiait

(24) Voy. reg. mss. de Grenob., 19 janvier 1543, f.° 105;
Gribaldus, *de methodo ac ratione studendi juris*, Lyon, 1544,
in-12; Bibl. Grenob., n.° 14512 (ce traité daté de Valence,
1 janvier 1541, est adressé à ses anciens élèves de Toulouse).

(25) V. Valentin Guillaume Forster, *de interpretatione juris*,
lib. 2, *c.* 1, *au trésor d'Otton*, *ij*, 991.—Le traité de Forster
fut publié vers 1613. Celui de Gribald fut réimprimé en 1544,
1556, 1559, 1572 et 1588, et, par fragmens, dans la Cyno-
sura juris de Reusner, en 1548. Voy. *Lipenius, bibliot. realis
jurid.*, edit. 1757, *ij*, 37 et 38 ; *Catal. bibl. de cassation*,
part. 2, *p.* 2.

Dans une pièce de vers latins où Reusner célèbre les jurisconsultes français, il nomme Gribald avec Cujas, Dumoulin,
Duaren, Baudoin, Leconte, etc., c'est-à-dire avec les plus
illustres d'entre eux. Voy. *id., appendix Cynosuræ juris*, 1589;
Bibl. Grenob., *n.* 13600.

Valentin Forster, en 1594 (Voy. *Hist. jur. civil.*, p. 154;
Bib. Grenob., *n.* 1923), Simon, en 1695 (Voy. *Bib. du dr.*,
ij, 130), et Brunquell, en 1738 (Voy. *Hist. jur.*, 3.ᵉ édition,
p. 215), ont aussi loué Gribald.

(26) Voy. *Lipenius*, sup., table, mot *Gribaldus*.

Les distiques de Gribald ont été réimprimés en 1721, à la

donc, sous une foule de rapports, le choix des habitans de Grenoble.

Ce fut le 19 janvier 1543 que le conseil de ville
arrêta de traiter avec lui; le 3 avril suivant, on le
nomma professeur, aux honoraires de 300 écus d'or
sol (27), et il exerça ses fonctions à Grenoble jusqu'au printemps de 1545.

Plusieurs remarques essentielles se présentent ici.

1.° Au seizième siècle, les professeurs de droit
étaient le plus souvent nommés par les villes. On
passait avec eux des contrats qu'on appelait des *conduites*, mot dérivé du latin *conductio*, qui signifie
louage; de sorte qu'au fond ces contrats étaient des
louages de leurs talens ou services, et on les passait
pour un petit nombre d'années, sauf à les renouveler avant l'expiration du terme des *conduites*.

2.° En 1543, l'écu d'or *sol* valait, d'après la délibération du 3 avril, 45 sous. Les 300 écus donnés
à Gribald, chaque année, valaient donc 675 livres
tournois.

Selon les Tables de Dupré de Saint-Maur, en 1540

suite de l'édition, donnée par Hoffman, du Traité *de claris
interpretibus*, de Pancirole. (Voy. *Lipenius*, *sup.*, *ij*, 453).

Le passage suivant, d'un ancien auteur, rapporté par Tira-
boschi (*Storia della letterat.*, *vij*, 761), donne une idée de
la réputation de Gribald. *Quis Matthæum Gribaldum non
agnoscit, virum imprimis nobilem et clarum, deindè etiam
juris civilis scientia et professione celeberrimum......*

(27) Voy. reg. mss. de Grenob., d. date, f. 105 et 129.

et années suivantes, on donnait à la monnaie 14 liv. du marc d'argent : avec 675 livres on aurait donc acheté un peu plus de 48 marcs. Mais en 1790, année que nous prendrons pour base de nos comparaisons, plutôt que le temps actuel, parce que les orages et les guerres de la révolution ont singulièrement dérangé les rapports des valeurs diverses; en 1790, le marc d'argent valait 54 liv.; les 48 marcs auxquels répondaient, en 1540, les honoraires de Gribald, correspondaient donc à une valeur d'environ 2600 livres de l'année 1790.

Ces honoraires paraissent assez raisonnables, surtout en y réunissant les rétributions des grades qui en étaient indépendantes; néanmoins nous n'en aurions pas une idée exacte, si nous nous bornions à en apprécier la valeur d'après celle du marc d'argent, quoique ce soit la méthode qu'aient uniquement suivie plusieurs publicistes célèbres (28). Les recherches que nous avons commencées, et dont nous nous proposons de publier les résultats lorsqu'elles seront complètes, nous ont déjà prouvé que cette méthode est tout-à-fait vicieuse pour l'espace de temps qui s'écoula depuis 1540 jusques à 1560 ; que, dans cet intervalle, l'argent avait une valeur de trois à quatre cinquièmes au moins plus forte que la plupart des autres marchandises ; d'où la conséquence, qu'avec les 48 marcs donnés à Gribald, on n'aurait pas seu-

---

(28) Voy. entre autres M. le marquis Germain Garnier, Hist. de la monnaie, etc., 1819, t. 1, p. 57.

lement acheté en 1790 des marchandises d'une valeur égale à 2600 liv., mais encore des marchandises
d'une valeur de plus des trois cinquièmes au-delà,
c'est-à-dire d'environ 4500 liv., et que, par consé-
quent aussi, c'est à cette valeur de 4500 liv. qu'on
peut fixer les 675 liv. d'honoraires accordés à Gribald
en 1540.

Un seul exemple suffira à présent pour établir
l'exactitude de nos calculs. Dans la même période de
1540 à 1560, le prix commun du blé était dix sous
le quartal de Grenoble. On le regardait comme très-
cher lorsqu'il s'élevait à douze sous. Le marc d'argent étant à 14 liv., on pouvait, avec un marc, acheter
vingt-huit quarteaux de blé. Pour que le rapport qui
existe entre la valeur du marc d'argent en 1790 et
celle du même marc en 1540, exprimât avec exactitude le rapport qui existait entre la valeur du quartal de blé en 1790 et celle du même quartal en 1540,
il faudrait qu'avec les 54 livres, valeur du marc en
1790, on eût pu alors acheter aussi vingt-huit quarteaux de blé. Or, d'après les tables extraites des
mercuriales (29), et où le blé est porté plutôt au-
dessous qu'au-dessus de sa valeur réelle, le prix commun du quartal de blé, depuis 1774 jusqu'à 1790,
c'est-à-dire pendant dix-sept ans, arrivait à 3 liv. 7 s.
Mais avec 54 liv., valeur du marc, on ne pourrait
acheter, à ce taux, que 16 quarteaux et ½ de blé, au

(29) Nous les avons publiées dans l'Annuaire statistique de
l'Isère, an IX, Grenoble, chez Allier, p. 146.

lieu de 28 quarteaux. Donc l'argent, en 1540, valait réellement trois à quatre cinquièmes de plus qu'en 1790.

Nous trouverions les mêmes résultats, si nous prenions pour terme de comparaison le prix de la viande, qui, à la même époque était fixé à 7 deniers pour le bœuf, et à 9 d. pour le veau et le mouton.

Les charges de la ville de Grenoble étaient alors fort considérables. Elle était, entre autres, forcée à des réparations perpétuelles contre le torrent du Drac qui ravageait une grande partie de sa plaine, et dont une branche passait au lieu où est à présent la rue Saint-Jacques, sous le nom de Dravet ou petit Drac. Ses revenus, au contraire, étaient très-modiques ; ils ne s'élevaient guère qu'à 2000 liv., qui valaient à peu près 13,000 liv. de l'an 1790. Sa seule ressource, pour faire face aux honoraires promis à Gribald et à d'autres dépenses de l'Université, fut le remboursement d'une avance extraordinaire de 1124 liv. qu'elle avait faite au roi ; encore, comme elle fut insuffisante, on y suppléa par une souscription où s'inscrivit en tête un chanoine de la cathédrale (30).

Cette ressource épuisée, il fallut, au bout de deux ans (printemps de 1545), renoncer à employer le professeur italien, qui passa peu après, en la même qualité, à l'Université de Padoue, alors très-célèbre (31).

(30) Étienne Roibon. Voyez reg. mss. de Grenobl., 3 avril 1543, f. 129.

(31) On verra ci-après l'extrait d'un mémoire où la *conduite*

Les professeurs grenoblois, quoique réduits aux rétributions des grades, continuèrent seuls ce qu'on
nommait les *lectures*, c'est-à-dire les leçons, jusqu'à
la fin de l'année scolaire 1546.

Ils éprouvèrent alors un obstacle singulier, auquel
nous nous arrêterons un moment, parce qu'il donne
une idée des mœurs du siècle.

Les cordeliers avaient cédé à la ville, pour les leçons,
leur grand réfectoire et une de leurs chapelles (32). Les
délibérations énoncent que c'était à titre de prêt; mais
comme chaque année ces religieux, sous prétexte de
pauvreté, demandaient au conseil de la ville, et en
obtenaient une aumône, le conseil pensa sans doute
que le prêt des réfectoire et chapelle était au fond
un louage dont il avait le droit de requérir l'exécution; et, de leur côté, les cordeliers ne voulurent pas
admettre ce droit.

En conséquence, à l'ouverture de l'année scolaire
suivante, ou à la fin d'octobre 1546, car c'était à la
Saint-Luc, ou au 18 octobre, que rouvraient alors
les études (33), les cordeliers fermèrent leurs réfec-

de Gribald est fixée aux années 1543 et 1544. Il résulte aussi
de plusieurs passages de ses œuvres, qu'il enseignait à Padoue
en 1548 jusques en 1553. Voy. *id.*, *comment. in aliquot tit.
Dig. et Cod.*, 1577, *in-f.*, *Bib. Grenob.*, n. 1430, *p.* 1, 166,
196, 222, 266 et 267. Voy. aussi ci-après, *not.* 50, *p.* 24.

(32) Voy. d. reg. mss., 31 août et 14 déc. 1543, et 24 oct.
1544, f. 173, 196 et 287.

(33) Voy. notes sur la *conduite* de Govéa, au sac cité ci-de=

toire et chapelle, et en refusèrent obstinément l'entrée aux membres de l'Université, et successivement aux consuls et aux avocats qui allèrent la solliciter.

Sur le rapport de ce refus et de ses circonstances, le conseil arrêta, le 1.er novembre, qu'on irait sur-le-champ occuper, *par force ou autrement*, le grand réfectoire, *afin d'en continuer* ce qu'on nomme en droit le possessoire, ou, en d'autres termes, la possession.

Cette résolution était d'autant plus étrange, que le le jour où elle devait être mise à exécution était une des plus grandes fêtes de l'année, et qu'on s'exposait par-là à troubler le service divin. Tel fut sans doute le motif pour lequel on ne parla point de la chapelle, quoiqu'on s'en fût également servi jusque-là.

Aussitôt on se rend en foule au couvent, qui était voisin du lieu des séances du conseil (la tour de l'île, c'est-à-dire la tour carrée de la citadelle actuelle), et on force l'entrée du réfectoire. Les cordeliers, quoique surpris, se défendent en gens de cœur. Il s'ensuivit une espèce de bataille, où tous les bancs et la chaire de l'Université furent brisés.

Les assaillans, repoussés, à ce qu'il paraît, retournent au conseil, et ils y rapportent naïvement que « les moines ont fait grande résistance tant de » paroles que de faict, et ung cordelier nommé frère

vant, pag. 4, note 5; Répertoire mss. des délibérations de la ville de Valence, 19 mai 1560; Chorier, histoire générale, ij, 544.

2

» Fiquet s'est trouvé *saignant par le front* ne sait-on
» par quel moyen.»

Le conseil ne fut point touché de la blessure de
frère Fiquet. Il arrêta de présenter requête au parlement (34) pour être maintenu au possessoire et faire
informer sur les menaces, batteries, fractures de
bancs et autres malversations des cordeliers.

Le temps inspira sans doute des résolutions plus
sages : les parties se concilièrent, car on ne donna
aucune suite à la procédure, et l'on voit bientôt
l'Université faire ses leçons dans le réfectoire, et les
cordeliers demander et obtenir leur aumône accoutumée.

Le défaut de revenus fut un obstacle plus sé-
rieux, en ce qu'il empêchait de se procurer un professeur d'une grande réputation. En 1547, on obtint
d'abord des états du Dauphiné un secours de
500 liv. Le 19 juin 1548, Henri II, protecteur des
sciences comme tous les Valois, permit de prélever,
chaque année, sur la ferme du sel du Dauphiné,
750 liv. pour chacune des Universités de Grenoble
et de Valence (35). Ce prélèvement fut porté à 1000 l.
en 1558, et on y joignit 400 liv. à prendre sur la
ferme des gabelles du Pont-Saint-Esprit (36).

(34) Voyez, pour tous ces événemens, reg. mss. de Grenob.,
1 nov. 1546, f. 543.

(35) Son rescrit fut entériné le 14 août 1548. Voy. *d. reg.
mss.*, 3 *mars* 1550, *f.* 392.

(36) Voy. d. reg. mss., 6 août 1558, f. 191; mémoires mss.,
au sac cité ci-devant, note 5, p. 4.

Ces fonds assurés, et la restauration de l'Université due au comte de Saint-Pol ayant été d'ailleurs
confirmée par un édit du roi, au mois de décembre
1547 (37), on dut s'occuper de nouveau d'avoir des
professeurs étrangers, d'autant plus que le roi affec-
tait aux honoraires de ces professeurs les prélève-
mens dont on vient de parler (38).

Au mois d'août 1548, on s'adressa à Gribald, alors
professeur à Padoue. Il passa une *conduite*, au nom
et par procuration de la ville, avec un professeur
nommé Jérôme Atheneus, ou Athénée, dont nous
ne savons pas autre chose, et qui n'exerça à Grenoble
que pendant deux ans (39). En 1551, on le remplaça,
aussi pour deux ans, par un autre Italien nommé
Hector Richerius, d'Udine en Frioul, connu depuis
par un commentaire sur le titre du Digeste *de ver-
borum obligationibus* (40). Enfin, au bout de la même

(37) Voy. d. reg. mss., 30 déc. 1547, f. 111.

(38) Voy. d. reg. mss., 3 mars 1550 et 9 août 1555, f. 392
et 438.

Dès le 20 septembre 1547, on avait cherché à engager le
fameux Jean de Coras, alors professeur à Valence, dont la
conduite allait expirer; et on avait demandé, dans l'espoir de
le déterminer à accepter, qu'il fût en même temps nommé
conseiller au parlement de Grenoble; mais il paraît que la négociation échoua. Voy. *d. reg. mss, d. date, f.* 85.

(39) Voy. d. reg. mss., 18 août 1548, 27 septembre 1549,
3 mars 1550, f. 184, 322 et 392.

(40) Voy. d. reg. mss., 10 septembre 1551 et 30 décem. 1552,
f. 566 et 107.

Gesner (*Biblioth., édit. de* 1583, *p.* 319) indique une an

2*

année on engagea, pour trois ans, un sénateur de Chambéry, nommé de Boyssonne, qu'on disait être *grandement fameux*, mais sur lequel nous n'avons encore aucun renseignement particulier (41).

Ces *conduites* ne furent point renouvelées. On en passa une au mois de septembre 1555, avec un jurisconsulte bien autrement fameux que le sénateur de Boyssonne ; il s'agit d'Antoine de Govéa ou Goveanus, Portugais, d'abord régent d'humanités, de philosophie et de littérature à Paris et à Bordeaux, et successivement professeur de droit civil à Cahors et à Valence.

Au jugement des jurisconsultes contemporains, et entre autres du savant président Favre, Govéa était l'interprète du droit romain qui avait le plus de génie (42), et il l'aurait emporté en réputation sur Cujas, s'il avait été moins paresseux. Cujas lui-

cienne édition du traité de Richerius (son nom français était Riquier, d'après nos registres), mais sans en énoncer la date. Lipenius (*Bibl. real. jur.*, édit. de 1679, p. 357, et de 1757, *ij*, 443) en indique une postérieure, de 1617, in-8.º. Cet ouvrage avait déjà été cité par le jurisconsulte portugais Emmanuel Soarez, dans ses *Observationes juris*, c. 36, publiées en 1562. Voy. *Meerman, Thesaurus*, t. 5, p. 585, et *præfat.*, p. 2.

(41) Voy. d. reg. mss., 10 septembre 1551, f. 566.

(42) Voy. Ant. Faber, *Conjecturar.*, lib. 7, *in præfat.*

Cujas lui-même disait dans ses notes sur Ulpien (tit. vi), publiées en 1554 : *Antonius Goveanus, cui ex omnibus, quotquot sunt aut fuere, Justinianei juris interpretibus, si quæramus quis unus excellat, palma deferenda est.*

même, à qui les talens de Govéa paraissent avoir fait ombrage, quoiqu'ils fussent amis, disait qu'il ne se rassurait que sur l'insouciance et l'éloignement pour le travail du jurisconsulte portugais.

En effet, quoique Govéa eût commencé à publier des ouvrages, au moins vingt-cinq ans avant sa mort, le recueil de ses œuvres ne forme qu'un volume *in-octavo*, qui n'équivaut pas au quart d'un seul des dix *in-folio* de la grande édition de Cujas (43). Cependant les craintes de celui-ci, dont il entretenait encore le célèbre président de Thou, son élève et son ami, plusieurs années après la mort de Govéa, sont fa-

(43) Les œuvres de Govéa ont, il est vrai, d'abord été publiées in-folio, mais dans un petit format et avec une justification étroite, ne contenant que 322 pages, à Lyon, en 1562. Aussi n'occupent-elles qu'un in-octavo dans les éditions de 1599, citée par Lipenius (*édit. de* 1757, *ij*, 103), et de 1622 (celle-ci est à la bibliothèque de Grenoble).

Lipenius (*ibid.*) et Leyckert (*Vitæ clarissimor. J.-C.*, p. 202) citent aussi une édition in-folio, de 1564; mais ce n'est autre chose que celle de 1562, dont on a seulement changé le frontispice, comme on le voit à la même bibliothèque. Son exemplaire de l'édition de 1562, n.° 1564, est, au reste, infiniment précieux. C'était celui de Pierre de Mornyeu, gentilhomme de Belley, élève de Govéa, qui, après la mort de son professeur, prit son doctorat à Valence le 30 mai 1566 (Voy. *reg. mss. des approbat. de Valence*). Mornyeu y a mis en marge plusieurs notes dont nous citerons quelques-unes. Enfin il y a joint un commentaire, encore inédit, de Govéa, sur le titre du Digeste ad S-C. Trebellianum, contenant vingt-cinq pag., chacune de plus de soixante lignes écrites très-menu.

ciles à concevoir, si l'on adopte dans toute sa lati-
tude la remarque par laquelle ce grand historien termine l'éloge du professeur de Grenoble. *Unus*, dit-il
de Govéa (lib. 38, ad ann. 1565), *unus rara hoc
œvo gloria communi doctorum suffragio hoc adsecu-
tus, ut et poeta elegantissimus, et summus philoso-
phus, et præstantissimus juris interpres simul habe-
retur* (44).

Malgré son insouciance, Govéa professait avec le
plus grand succès, parce qu'il méditait beaucoup
chacune de ses leçons (45). Il enseignait à Valence
depuis une année, lorsqu'au mois de septembre 1555,
il traita avec Pierre Bucher, doyen de l'Université
de Grenoble, et procureur général au parlement,
pour s'attacher à cette Université : on lui assura plus
de 800 livres d'honoraires, qui furent dans la suite
portées à 920 (46).

Les Valentinois furent d'autant plus touchés du
traité fait avec Govéa, qu'ils n'avaient alors aucun
professeur un peu distingué. Ils mirent tout en usage
pour le retenir. Leur évêque, le fameux Jean de

---

(44) Voy. id., hist., d. lib. 38, édit. de Genève, 1620, ij,
352 et 353.

Il paraît, par ce que de Thou y dit, qu'il vit souvent Cujas,
même depuis qu'il eut étudié sous lui à Valence.

(45) Voy. Vie de Loysel, dans ses opuscules, p. xiij et xiv.

(46) Voy. reg. mss. de Grenob., 9 août et 11 octobre 1555,
et 26 février 1557, f. 438, 459 et 194; mémoires, au sac cité
à la note 5, pag. 4.

Monluc, homme d'état du premier ordre, qui avait déjà été plusieurs fois ambassadeur de France auprès de diverses cours de l'Europe, écrivit au conseil de ville de Grenoble, pour l'inviter à laisser Govéa à Valence (47). Le conseil ayant persisté, Govéa se fixa à Grenoble jusqu'en 1562.

Le procédé du conseil était justifié par un acte authentique, par les usages du temps, et par les désirs de Govéa lui-même; cependant il est probable qu'il excita le ressentiment, et de la ville de Valence, et de Jean de Monluc, et que dès-lors ils épièrent les occasions de s'en venger, en faisant priver Grenoble d'un établissement dont le voisinage était d'ailleurs dangereux pour leur Université.

Sur ces entrefaites, l'Université de Grenoble ayant obtenu du Roi, en 1558, un nouveau revenu annuel de 400 liv. à prendre sur les gabelles du Pont-Saint-Esprit, on arrêta de conduire un nouveau professeur (48), et ce fut Gribald qu'on choisit pour la se-

(47) Voy. d. reg. mss., 11 octobre 1555, f. 459.

L'exemple de Govéa faillit à être contagieux. Claude Roger, autre professeur de Valence, demanda, au bout d'un mois, une chaire à l'Université de Grenoble. (Voy. d. reg., 29 novemb. 1555, f. 481), et il paraît que le seul défaut de fonds empêcha de l'agréer (il enseignait encore à Valence lors du second professorat de Cujas).

(48) On avait eu aussi, vers la fin d'octobre 1555, un second professeur nommé Friol, Vénitien, et, de 1556 à 1558, un autre nommé Colereto. C'est tout ce que nous en avons pu

conde fois, en 1559, et qui se contenta de 480 liv. d'honoraires (49), c'est-à-dire de ce qui restait de libre sur les 1400 liv. affectées à l'Université, après avoir prélevé le traitement de Govéa.

Ce désintéressement de Gribald, après quinze années d'intervalle depuis son premier professorat, pendant lesquelles le prix des denrées avait dû un peu augmenter, et Gribald acquérir plus de talens et d'expérience, s'explique lorsqu'on recherche ce qu'il avait fait dans une partie du même intervalle.

Il est d'abord certain qu'il fut professeur à Padoue depuis 1548 jusque vers 1555 ou 1556 (50).

Vers ce temps, la secte des Sociniens ou Antitrinitaires, qui niaient la divinité de Jésus-Christ, avait fait des progrès en Italie. Gribald fut accusé d'en être un des zélés partisans. Cette imputation acquérant chaque jour plus de poids, Gribald, qui crai-

apprendre. Voy. d. reg. mss., 18 oct. 1555, f. 461, 7 nov. 1556, f. 137, 13 déc. 1557, f. 91, 17 avr. 1558, f. 150.

(49) Voy. d. reg. mss., 17 avril 1558, f. 150 (cela s'induit de cette délibération).

(50) Heineccius (*Vita Panciroli, in ejusd. oper.*, *iij*, 341) dit jusque vers 1553; Nicolas Comnène (*Hist. Gymn. Patavini*, *j*, 252, et, d'après lui, Chauffepié (*iij*, 23, *lett. P.*), jusqu'en 1556. En combinant les diverses époques des professorats de Pancirole, successeur de Gribald, à Padoue, telles qu'elles sont indiquées dans son éloge (Voy. *id. par Franç. Vidua, Padoue,* 1599, *in-4.°*, *Bibl. Roy. P.* 192), on pourrait penser que ce fut jusqu'en 1555. Voyez aussi *ci-devant*, note 31, *p.* 15.

gnait les poursuites de l'Inquisition (51), se sauva dans sa terre de Fargies, située au pays de Gex et à quelque distance de Genève.

Il chercha, sans doute pour sa tranquillité, à se procurer l'appui de Calvin alors tout-puissant à Genève ; mais, à la première conférence où il se présenta pour exposer ses sentimens, le fier réformateur le repoussa en quelque sorte jusqu'à ce qu'il se fût expliqué clairement sur le mystère de la Sainte-Trinité, et bientôt le fit chasser de Genève (52).

Il paraît que Gribald se réfugia alors en Allemagne, et qu'il professa quelque temps le droit à Tubinge ; mais, soit que ses opinions l'en eussent aussi fait expulser, soit que le désir de se ménager le Grand-Conseil de Berne, alors souverain du pays où était située sa terre de Fargies (53), l'eût engagé à se rendre dans cette ville, il y fut arrêté et mis en prison. On lui reprochait, entre autres, d'avoir donné un asile dans sa terre à Valentin Gentilis, dont le socinianisme était avoué, et il n'échappa au supplice qu'en faisant une espèce d'abjuration.

(51) Ferunt illum suspectum de hæresi, ac reum factum à quæsitoribus sacris, ne custodiæ ac vinculis traderetur, fuga sibi consuluisse. *Comnène, d. p.* 252.

(52) Voyez, sur tous ces points, Bayle, mots *Gribaud* et *Gentilis* (Valentin), note C.

(53) Le pays de Gex....... Il ne fut rendu au duc de Savoie que par le traité du 30 octobre 1564. Voy. *M. Costa, mém. sur la Savoie, ij,* 56.

654

Quoi qu'il en soit, il était retiré dans sa terre lorsqu'au printemps de 1558, les Grenoblois cherchèrent
à donner un adjoint à Govéa. Ignorant sans doute
l'hétérodoxie qu'on reprochait à Gribald, ou séduits
par son abjuration, ce que rend vraisemblable la
profession de ceux qui négocièrent avec lui et dont
l'un était chanoine et l'autre procureur général, ils
l'appelèrent au mois de septembre 1559 (54), et l'on
conçoit que, dans sa position, il dut être peu difficile
sur la quotité des appointemens.

Le choix de ce second professeur fut d'autant plus
malheureux pour l'Université, que Gribald donnait
du poids à l'accusation de socinianisme, en n'assis-
tant pas au service divin, et que le premier professeur, Govéa, quoique plus prudent ou plus dissi-
mulé, passait pour être encore plus hétérodoxe que
Gribald.

(54) C'est le 17 avril 1558 qu'il fut question de le rappeler.
La négociation dura dix-huit mois. Étienne Roibon, chanoine à
Grenoble, et depuis conseiller à Chambéry, et le procureur
général Bucher la dirigèrent. Voy. d. reg., 17 avril 1558,
4 août et 18 sept. 1559, f. 150, 277 et 282.

On dut sans doute, pendant ce long intervalle, prendre des
renseignemens sur les opinions religieuses de Gribald, puisque
en 1555 on en avait pris sur celles de Govéa. Voy. d. reg.
mss., 9 août 1555, f. 438. Il faut donc, ou que ses aventures
de Berne n'eussent point été divulguées, ou qu'elles aient été
postérieures à son deuxième professorat de Grenoble, ce qui
serait fort possible, car le récit de Théodore de Bèze, cité par
Bayle, est assez vague.

On jugera de la réputation de Govéa à cet égard
par ce qu'en pensaient les protestans eux-mêmes.
Au bout de quelques mois, le 13 février 1560, Hubert
Languet, espèce d'envoyé de l'électeur de Saxe,
chargé de donner des nouvelles de ce qui se passait
en France, soit à l'électeur, soit à son chancelier
Ulric Mordisius (Mordeisen), écrivait à celui-ci que
Cujas avait quitté l'Université de Valence pour celle
de Bourges, ce qui était vrai, et qu'il y serait rem-
placé par Gribald, en quoi Languet se trompait. Il
ajoute aussitôt une remarque dont on comprendra
toute l'acrimonie lorsqu'on saura qu'un autre jurisconsulte, Pierre Loriol, dont nous parlerons bientôt, et dont on suspectait aussi les opinions religieuses, était professeur à Valence. Gribald et Loriol,
dit Languet, réunis à Valence, y feront un beau
couple, surtout si l'on considère qu'ils auront dans
leur voisinage, à Grenoble, Govéa, qui est encore
plus scélérat que chacun d'eux. *Ei* (Cujacio) *Valentiæ succedet Gribaldus. Pulchrum sanè par, ubi
ipse et Loriotus conjuncti fuerint, et habuerint Gratia-
nopoli vicinum Goveanum, qui utroque est longè scele-
ratior* (55).

Les habitans de Grenoble étaient sans doute moins

---

(55) Voy. Huberti Langueti epistolæ, liv. II, lettre 12, datée
du 13 févr. 1560, édit. de 1699, p. 34.

Chorier dit aussi que Govéa sema dans Grenoble des sentimens différens de ceux qu'un chrétien doit avoir de la divinité.
Voy. *id.*, *Hist. génér.*, *ij*, 612.

prévenus, ou peut-être se laissèrent-ils entraîner par
la réputation que deux jurisconsultes, tels que Govéa
et Gribald, donnaient à leur Université. Quatre mois
à peine après la seconde conduite de Gribald, les
élèves affluaient en si grand nombre dans leur ville,
que plusieurs furent obligés de se retirer faute de
logemens. Le 12 janvier 1560, sur le rapport qu'on
en fit au conseil de ville, il arrêta que les aubergistes
donneraient avis des élèves qu'ils ne pourraient recevoir, et que les consuls eux-mêmes se chargeraient
de pourvoir à leur logement (56).

Cependant l'orage grondait déjà sur l'Université.
Le 15 octobre suivant, le conseil eut avis qu'on avait
taxé Gribald auprès du gouverneur du Dauphiné,
le duc de Guise, *d'être mal sentant la foi chrétienne,*
et qu'on menaçait, à cause de cela, de supprimer
l'Université. Le conseil soutenant que l'imputation
faite à Gribald était calomnieuse (c'est ce que soutint aussi depuis, en 1577, Conrad Offenbach, élève
de Gribald, et éditeur de ses œuvres), pria le procureur général Bucher de rédiger et envoyer des
mémoires au gouverneur (57).

Selon toute apparence, le procureur général, qui
se montra dans la suite un des catholiques les plus

(56) Voy. d, reg. mss., d. date, f. 35.
(57) V. d. reg. mss., d. date, f. 134 et 136; Offenbach, d. édit.
de 1577, biblioth. de Grenoble, n.° 1430 (Il ne cite aucune
preuve à l'appui de la justification de Gribald.)

acharnés contre les protestans (58), négligea l'envoi des mémoires, ou n'y établit point comme il faut l'opinion que le conseil avançait avec tant d'assurance. Le 9 ou 10 novembre suivant (1560), le parlement de Grenoble reçut des lettres du Roi et du duc de Guise, portant ordre de chasser Gribald de la ville et du royaume, et les menaces de supprimer l'Université furent renouvelées.

Les 10, 11 et 24 du même mois, le conseil prit des délibérations très-fortes pour faire rétracter ces ordres. Il observait, entre autres, que le départ de Gribald commençait à entraîner celui de beaucoup d'élèves; que les professeurs qu'on appellerait pour le remplacer seraient détournés d'accepter par la crainte d'être chassés sans jugement (59)... Ces remontrances, adressées à la cour, n'eurent aucun succès. Il n'est plus question dès-lors de Gribald dans nos registres. Les auteurs contemporains et les biographes modernes ne donnent, sur sa vie et sa mort,

---

(58) Voy. Chorier, Hist. génér., ij, 607 et 611.

(59) Voy. d. reg. mss., mêmes dates, f. 140 et suiv.

On essaya ensuite, mais sans succès, de *conduire* Roaldès, alors professeur à Cahors, pour remplacer Gribald. Voy. *reg. mss.*, 29 août, 12 sept. et 17 oct. 1561, *f.* 212, 216 et 219.

Si l'on s'en rapporte à François Baudoin, il fut aussi appelé à Grenoble comme professeur, et il refusa d'accepter. Voyez *sa lett. à Calvin*, dans le recueil intitulé *Joannis Calvini responsio ad Balduini convitia*, 1562 (Bibl. de Grenoble, n.° 6040), p. 45. Mais nos registres n'indiquent point cette proposition.

658

que des renseignemens vagues et douteux; tous ont
même ignoré qu'il ait professé à Grenoble (60). La
conjecture la plus vraisemblable est celle du célèbre
Bayle, qui, d'après un passage de la Vie de Calvin
où l'on annonce que Gribald était mort de la peste
lorsque Valentin Gentilis vint chercher une seconde
fois un asile à Fargies, présume que ce fut vers 1565
ou 1566 (61) que notre fameux professeur cessa de
vivre; et en effet les mêmes registres nous apprennent
que, dans nos pays et dans les provinces voisines,
il y eut une peste furieuse en 1564 et 1565.

Les Valentinois, informés sans doute par Monluc,
alors ministre d'état, et très-puissant dans le conseil
de Charles IX, surtout auprès de Catherine de Médicis, du peu de crédit des réclamations des Grenoblois, profitèrent des préventions de la cour pour
demander qu'on réunît l'Université de Grenoble à
celle de leur ville. Ils soutenaient que deux Universités ne pouvaient subsister ensemble en Dauphiné,
et qu'il fallait maintenir celle de Valence qu'ils pré-

(60) Entre autres Bayle, Chauffepié et Moréri, mot *Gribaud*;
Simon, *Biblioth. du droit*, ij, 180; Isaac Comnène, *Hist.
Gymnas. Patavini*, in-f.°, 1726, t. 1.er, p. 252; Niceron,
ix, 185...... Ce dernier fixe la mort de Gribald à 1556, et l'on
vient de voir qu'il professait encore à la fin de 1560. Comnène
la recule jusques à 1570; mais son récit est accompagné de
circonstances inconciliables avec les faits avérés.

(61) Et non pas en 1564, comme le rapporte M. Weiss,
Biographie univer., xviij, 472. Voy. Bayle, *mot Gribaud*,
note C.

tendaient être mieux placée, etc. On eut avis de
leurs démarches le 3 octobre 1561. Le conseil ordi-
naire de Grenoble renvoya cette affaire, à cause de
son importance, à une assemblée du conseil général
de la ville. Cette assemblée, retardée par divers événemens, ne se tint que le 31, et, ce jour-là, on
apprit que les Valentinois avaient obtenu un arrêt
par lequel le conseil d'état ordonnait une procédure
de commodo et incommodo, c'est-à-dire une procédure
tendant à examiner dans laquelle des villes de Grenoble ou Valence l'Université serait mieux placée(62).

Mais bientôt la première guerre civile religieuse
qui éclata en France au mois d'avril suivant (1562)
détourna les deux villes de s'occuper de cette contes-
tation importante, d'autant que les cours publics des
Universités furent suspendus dans presque toutes les
académies du royaume (63).

C'est ce qui dut arriver surtout à Grenoble dont
les protestans s'étaient emparés, et qui était placé
sous la domination de ce baron des Adrets, si tris-

(62) Voy. d. reg. mss., 3, 17 et 31 oct., 7 et 21 nov. 1561,
f. 217, 219, 233, 234 et 238.

(63) V., quant à Grenoble, d. reg. mss., 3 mars, 17 sept. et
22 oct. 1563, f. 384, 440 et 443; Chorier, histoire générale,
ij, 599.

Ils furent également suspendus à Toulouse, Montpellier et
Valence. Voy. *D. de Vienne, hist. de Languedoc, t.* 5, *p.* 249;
Daigrefeuille, hist. de Montpellier, part. ii, *liv.* 12, *chap.* 1,
p. 341 ; *Hotoman, opera, édit. de* 1600, *préfaces, à la fin du*
t. 3, *p.* 25 *et* 60 *comparées.*

660

tement fameux par ses cruautés (64). Govéa néanmoins ne quitta point la ville comme tant d'autres
habitans ; mais il ne put continuer ses leçons. Une
note manuscrite d'un de ses élèves, Pierre de Mornyeu, gentilhomme de Belley, nous apprend qu'il y
reçut même, le 9 août 1562, de la part d'un avocat
grenoblois nommé Marc-Antoine, un outrage dont
Mornyeu n'explique point la nature, mais qui devait
être bien grave, puisqu'il le qualifie d'*atrox injuria*,
et qu'il eut de la peine à retenir ses larmes lorsque
Govéa le lui raconta (65).

(64) Un passage de nos registres donne une idée de la manière d'agir de ce guerrier farouche, et de la terreur qu'il ins-
pirait. Peu de jours après ses premiers exploits, lorsqu'il était
à peine parvenu à trois journées de Grenoble, et que cette
ville, très-forte, était encore au pouvoir des catholiques, il y
envoya un député dont la démarche auprès du conseil municipal est ainsi racontée : « Du 1.ᵉʳ mai 1562 (*f.* 286)....... le
» sieur Daquin s'est présenté soi-disant ayant charge du sei-
» gneur des Adrets étant de présent à Valence, lequel aurait
» remontré au conseil d'avertir le sieur Jean Paviot, quatrième
» consul, et M.ᵉ Jean Robert, avocat (il était du conseil) d'a-
» voir à s'absenter de la présente cité dans vingt-quatre heures,
» à peine d'être pendus et estranglés. »...... Le conseil répond
que Paviot est parti depuis deux jours, et Robert ce matin ;
qu'on les avertira, s'ils reviennent, et qu'on prie M. Daquin
« de porter les très-humbles recommandations de la cité au
» seigneur des Adrets.... ».

N. B. Chorier, *ij*, 558, en parlant de leur départ, a omis
de faire mention de cette circonstance.

(65) V. pag. 294 de l'exemplaire des œuvres de Govéa, cité

Malgré cet outrage, Govéa resta à Grenoble au moins jusqu'à la fin d'octobre 1562, comme nous le voyons dans un compte du fermier des gabelles du Dauphiné (66). Il se détermina, vers la fin de cette année, et sans doute à cause de l'impossibilité de reprendre ses leçons, à accepter une place de professeur à Turin, où il fut appelé par Emmanuel Philibert, duc de Savoie, et successivement nommé conseiller au sénat de Piémont (67).

Les biographes, faute d'avoir pu puiser, comme nous, à des sources authentiques, n'ont pas moins commis d'erreurs sur la vie de ce grand jurisconsulte que sur celle de son collègue Mathieu Gribald. Bayle lui-même, qui lui a consacré un assez long article dans son Dictionnaire, n'a pu, malgré toute sa sagacité, éviter de tomber dans quelques fautes. Enfin le critique de Bayle, Joly, chanoine de Dijon, qui compila, en 1748, un gros in-folio (68) uniquement pour tâcher de prouver que Bayle avait peu d'érudition, a commis encore plus de fautes que celui-ci. Par exemple, Joly soutient que le vrai nom du jurisconsulte était, en portugais, Gouvéa, et, en français, Govéan

ci-devant, à la note 43, page 21. Mornyeu a mis cette remarque à la marge d'un passage où Govéa fait l'*éloge* de ce Marc-Antoine.

(66) Voyez ce compte au sac cité à la note 5, pag. 4. Voyez aussi d. reg. mss., 21 avril 1564, f. 43.

(67) Voyez de Thou, hist. ij, 353, ad ann. 1565.

(68) Intitulé : Remarques critiques sur le dictionn. de Bayle

ou Gouvéan (69), tandis que Bayle ne le nomme que
Govéa. Mais l'exactitude de Bayle est prouvée par
les registres de notre conseil de ville, où, dans toutes
les délibérations, le professeur est toujours nommé
tout au long *M. de Govéa* (70).

Les biographes sont encore moins d'accord sur
l'époque de la mort de Govéa. Nicolas Antonio dit
qu'il vivait encore en 1595 ; un autre pense, d'après
Élie Vinet, qu'il n'est mort que peu avant 1587 ;
André Schot assure qu'il professait à Grenoble en
1566, et qu'il y était encore en 1570. Bruneau,
sans en indiquer la date, fixe le lieu de sa mort à
Grenoble (71). Bayle soutient qu'il est peu vraisemblable que Govéa soit mort en 1565, comme l'annonce le président de Thou ; et, par cela même que
Bayle contredit le président de Thou, le chanoine
Joly ne manque pas d'adopter la version du président, et de fixer la mort de Govéa à l'an 1565 (72).

Aucune de ces assertions n'est exacte. Il résulte

(69) **La Monnaie dit que c'est Govéan.** Voy. *Menagiana,*
édit. 1715, *iv*, 223.

(70) Nicolas Antonio (*Biblioth. hispanica, j*, 97) le nomme
aussi, en portugais, *Govea,* et non pas *Gouvea,* comme Joly
et comme M. Nicolle, *Biogr. univ., xviij*, 210, *h. v.*

(71) Voy., pour les trois premiers auteurs, *Bayle,* mot
Govea, note I, et, pour Bruneau, son *supplément au Traité
des criées,* p. 135.

(72) Voyez de Thou, *ij,* 352, 353, *lib.* 38, *ad ann.* 1565 ;
Bayle, d. note I ; Joly, sup., p. 397.

d'abord des registres de la mairie de Grenoble, que la mort de Govéa dut arriver entre les mois de février et de mai 1566, puisque son procureur fondé réclama, les 13 juillet et 28 décembre 1565 et 8 février 1566, des arrérages d'honoraires que la ville lui devait, et que, le 24 mai suivant, on arrêta d'en conférer avec le procureur fondé *des héritiers de feu M. de Govéa* 73). Enfin une des notes manuscrites de l'elève déjà cité nous apprend positivement qu'il mourut à Turin le 5 mars 1566 (74).

Revenons à l'Université de Grenoble.

La première guerre civile, qui en avait interrompu les cours, fut terminée par l'édit de pacification du 19 mars 1563. Aussitôt après sa publication, retardée à Grenoble jusqu'à la fin d'août (75), l'on s'occupa de mesures pour mettre en état d'en reprendre les leçons. L'on arrêta, entre autres, le 17 septembre, de refaire les chaires et les bancs, car la guerre civile leur avait été aussi funeste qu'en 1546 la bataille des cordeliers (76). Comme les leçons ne pouvaient

(73) Voy. d. reg. mss,, dd. dates, f. 150, 213, 229, 270.

(74) Elle est à la page 322 de l'exemplaire déjà cité. On y rapporte d'abord une épitaphe en vers latins, par Philippe Pingon, élève de Govéa, et l'on ajoute: *obiit Taurini 5 martis horâ noctis 6, sive uti apud nos* 12 po t meridi m 1566, *magno cum mœrore studiosorum.* Signé *Petrus à Mornyeu.*

(75) Voy. Chorier, hist. gén., ij, 596.

(76) Voy. d. reg. mss., 17 septembre et 22 octobre 1565, f. 440 et 443.

664

avoir du succès et attirer des élèves étrangers qu'autant qu'il y aurait à la tête de l'Université un grand jurisconsulte, on chercha à en *conduire* un qui eût de la réputation, et le choix des Grenoblois tomba malheureusement sur Pierre Loriol (77), dont nous avons vu que les opinions religieuses étaient déjà décriées (78).

Nos compatriotes étaient assez excusables, parce que, la plupart des jurisconsultes un peu distingués ayant embrassé la réforme, il devenait très-difficile

(77) Voy. d. reg. mss., 3, 13 et 28 janv. et 21 juill. 1564, f. 3, 10, 15 et 80.

Au mois d'août 1820, long-temps après les lectures, et, à plus forte raison, la composition de notre mémoire, M. Poncelet, avocat et docteur en droit (nommé depuis professeur-suppléant chargé de l'enseignement de l'histoire du droit à l'école de Paris), nous a communiqué une dissertation sur Loriol, publiée à la fin de 1812 par M. Ch.-Henri Haase, de Leipsick (*Lipsiæ, in-8°* de 34 pag.). On présume bien que ce savant, n'étant pas à portée des sources, a dû commettre quelques erreurs; mais on trouve aussi dans son intéressant opuscule plusieurs documens relatifs au séjour de Loriol à Leipsick, que vraisemblablement nous n'aurions pu nous procurer dans nos bibliothèques.

(78) Il est au moins certain, par l'épître dédicatoire de son commentaire sur le titre de Digeste *si certum petatur*, publié en 1552, qu'il avait embrassé avec ardeur la réforme (*Voyez M. Haase, p.* 3o); mais cet ouvrage était probablement inconnu à Grenoble (nous n'avons pu l'y découvrir) lorsque le conseil municipal de cette ville appela Loriol à son Université.

d'en obtenir un qui ne fût pas au moins suspect d'hérésie. Tels étaient les émules de Cujas, François Hottoman et Hugues Doneau, Charles Dumoulin, Jean de Coras, François Baudoin, Jacques Lectius, et autres, en si grand nombre, que plusieurs écrivains avaient adopté ce singulier adage, *omnis jurisconsultus malè de religione sentit;* ou bien, *bonus jurisconsultus, malus christianus* (79). Cujas lui-même, malgré son extrême prudence, n'échappa point, comme on le verra, à l'imputation d'hétérodoxie, et la religion qu'il avait adoptée est même encore aujourd'hui un problème entre les savans.

Pierre Loriol justifiait d'ailleurs, sous d'autres rapports, la détermination du conseil de Grenoble. Né à Salins, en Franche-Comté, ou aux environs, il avait été professeur, d'abord à Bourges depuis 1528 jusques à 1545 (80), et successivement à Leipsick, où

(79) Le premier adage est rapporté par Christophe Egendorph, *consilia de discendi jure*, 1537 (Biblioth. Grenob.; n.° 14520), *c. 2, f.* 139.

A l'égard du second, nous voyons, dans l'éloge de Jean Harpretch, professeur à Tubinge, né en 1560, mort en 1639, qu'il avait fait un discours pour tâcher de réfuter ce *vulgatum dicterium.* Cet éloge, publié par Thomas Lanzius en 1640, est à la Bib. Roy., au recueil *in*-4.°, p. 192.

(80) Les épîtres de ses traités *de gradibus* et *de juris apicibus* (Lyon, 1554 et 1545) sont datées de Bourges, 1541 et 1545. Bruneau fixe à 1528 le commencement de son professorat de Bourges. Voy. *id.*, *supp. au Traité des criées*, *p.* 96 *et suiv.*, d'après Catherinot.

il avait enseigné, avec un succès prodigieux, jusques à environ 1554 (81). En 1555, il remplaça Govéa à Valence, et il avait continué d'y professer jusques au mois de février 1564 (82), lorsqu'il fut appelé à Grenoble pour trois ans. Enfin il avait publié, depuis 1541, plusieurs ouvrages estimés et fort cités au seizième siècle (83), tels que des traités *de juris apicibus* et *de*

(81) Voy. M. Haase, p. 23 à 28.

Son fils y soutint, le 19 novembre 1554, une thèse dans le frontispice de laquelle le père est qualifié de *jurisconsultus celeberrimus* ; d'où M. Haase, p. 27, présume que Loriol père n'était plus à Leipsick. Mais, outre qu'on pût glisser cette qualification à son insu dans l'impression de la thèse, il serait assez extraordinaire que Loriol eût laissé à Leipsick, à deux cent cinquante lieues de Valence, un fils encore jeune, qui le suivit dans ses migrations ultérieures. Il est donc plus probable qu'il ne quitta Leipsick qu'en 1555, lorsqu'il fut appelé à la chaire de Govéa.

(82) Il était professeur à Valence dès 1556, d'après l'épître de son commentaire sur la seconde partie du Digeste (*Lyon,* 1557), adressée à Montluc en qualité de chancelier (*præsul*) de l'Université de Valence ; et André d'Exéa, autre professeur à la même Université, le qualifie de collègue dans ses *Prælectiones* sur la juridiction (p. 94), publiées à Lyon en 1559.

(83) Il fut cité dès 1545, par François Baudoin, *Prolegomena juris* (1545, Bib. Grenob. n.° 5669), p. 132 ; en 1562, par Emmanuel Soarez, *Observationes juris,* c. 26 (au trésor de Meerman, t. 5, p. 585) ; avant 1594, par Jean Borcholten (mort cette année), dans son commentaire sur les Instituts. Voy. *la table de id., édit.* 1595, *Bib. Gren. n.°* 5647. M. Haase, p. 17, 18 *et* 34, indique plusieurs autres jurisconsultes qui ont

debitore, et des commentaires sur les titres des règles du droit, des degrés de parenté, et divers autres titres du Digeste, etc. On jugera, au reste, de sa réputation par ce que disait de lui un jurisconsulte belge, nommé Gilbert Regius, dans un ouvrage publié en 1564. *Petrum Loriotum Salinensem, singularis doctrinæ et judicii virum audivi Valentiæ Cavarum annos aliquot; ea siquidem erat hominis fama, ut nihil ejus consuetudine et disciplinâ felicius mihi contingere sperarem* (84).

Mais plus Loriol, la religion exceptée, avait de titres à l'estime des Grenoblois, plus les Valentinois durent savoir profiter de sa réputation d'hétérodoxie pour reprendre et appuyer leur première demande d'union. Dès le 13 avril 1564, François Hottoman, à qui l'évêque Montluc avait fait donner une chaire de professeur à Valence, vers la fin de 1562 (85), lui dédia un ouvrage où il le sollicitait, en termes détournés, mais assez intelligibles, de procurer, par son crédit

cité et *loué* les ouvrages de Loriol; d'autres qui se sont formés à ses leçons, et il fait lui-même l'éloge des traités *de apicibus* et *de juris arte.*

(84) Voy. id., Enantiophanon juris, lib. 2, c. 10, au trésor d'Otton, t. 2, p. 1501. Cet ouvrage fut publié en 1564: Regius avait alors vingt-quatre ans. *Voy. d. t.* 2, *præf., p.* 31.

(85) Voy. la préface (n.° 20) de son commentaire sur la loi des XII tables, datée de Valence, le 27 décembre 1562 (*in ejusd. oper., t.* 3, *in-f., p.* 23), et la préface (n.° 49) de son fils (*ib., p.* 70).

auprès du Roi, l'accroissement que son Université désirait (86). L'été suivant, le Roi étant venu en Dauphiné, et n'ayant pu s'approcher de Grenoble alors désolé par la peste, on profita sans doute de son passage à Valence, au commencement de septembre (87), pour obtenir qu'on fît la procédure *de commodo et incommodo*, ordonnée en 1561. Un maître des requêtes

(86) Voy. cette épître, aux mêmes préfaces, n.º 21, p. 26. Ennemond Bonnefoi, professeur à Valence, dans la suivante (*n.º 22, p. 27*), datée du 18 août 1565, en citant l'édit d'union de l'Université de Grenoble à celle de Valence, donne à entendre qu'Hottoman eut quelque influence sur cette opération.

(87) Charles IX fit, de 1564 à 1566, avec sa cour, un voyage dans les provinces de l'est, du sud et de l'ouest. On a plusieurs de ses lettres-patentes, déclarations, etc. datées de Lyon, les 19, 24 et 27 juin, et 2, 4, 5, 6 et 7 juillet 1564. Voy. *Blanchard, compilat. chronolog. des ordonn., t. 1, p. 871 et suiv.*

De là, selon Chorier (*Hist. génér., ij, 600*), le Roi vint au château de Roussillon, à deux lieues de Vienne, d'où il se rendit pendant quelques jours à Crémieux, et nous avons en effet un rescrit daté de Crémieux le 16 juillet. Voy. *Table mss. des reg. du parl. de Toulouse, Bib. Grenob., n.º 1719 et 217.* Il retourna aussitôt à Roussillon, où il donna aussi plusieurs lettres-patentes, etc., les 22, 27 et 29 juillet, 2, 4, 9, 10, 12, 13 et 14 août. Voyez *Blanchard, ibid.* Il descendit de là à Valence au commencement de septembre, suivant Chorier (*ib.*); mais c'est quelques jours plus tôt, puisqu'on a des rescrits datés de cette ville, les 30 août, 1, 2 et 5 septembre. De Valence il fut à Étoile, à deux lieues au midi (*rescrits des 10 et 12 sept.*), à Montélimart (*rescrit du 15*), à Avignon (*iidem, des 30 septembre et 5 et 14 octobre*), à Aix (*idem, 24 octobre*), à Mar-

s'en occupa depuis le 15 jusqu'au 30 du même mois
de septembre. Il en présenta le rapport le 18 octobre,
lorsque la cour voyageait en Provence (88); et, au
mois d'avril 1565, lorsqu'elle était à Bordeaux, le
Roi rendit un édit qui réunissait l'Université de
Grenoble à celle de Valence (89).

Les Grenoblois se plaignirent de ce que cet édit était
subreptice et avait été arrêté sans qu'on leur eût communiqué la procédure, sans même les appeler, et
à plus forte raison les entendre (90); et lorsqu'on
examine les lieux et les époques, on est convaincu
que leurs plaintes étaient fondées. Depuis le mois
de juin 1564, Grenoble était en proie à une peste
dont les ravages devinrent si violens, qu'au mois
d'août, la plupart des habitans, presque tous les ma-
gistrats, les hommes de loi, les notaires, enfin les
membres du conseil de la ville s'enfuirent hors de

seille (*idem*, 9 *novembre*), à Arles (*idem*, 26 *nov. et 6 déc.*),
à Montpellier, etc. Voy. *Blanchard, ibid.*

M. Dufau (*Hist. génér. de France, xxx, part.* 2, *p.* 23 *à* 28)
s'est donc trompé lorsqu'il fait aller le roi, de Valence au château de Roussillon (c'eût été une marche rétrograde), et de
ce château en Provence.

(88) Voy. Répert. mss. des titres de l'hôtel-de-ville de
Valence, même date.

(89) Voy. mémoires mss. de Grenoble, au sac cité à la
note 5, p. 4.

(90) Voy. mémoires et requêtes mss. des 28 févr., 31 mars
et 1.ᵉʳ avril 1566, au même sac; reg. mss. de Grenob., 7 novembre 1561, f. 234.

ses murs. La dernière assemblée de ce conseil, qui
en tenait toujours une, et fort souvent deux chaque semaine, est du 11 août, après quoi l'on n'en
trouve plus dans ses registres, jusques au 15 décembre; et, après celle-ci, il y a une nouvelle lacune
jusqu'au 20 janvier 1565, quoiqu'il ne manque pas
un seul feuillet, et que les nombres de la pagination
se suivent avec exactitude (91). Comment les conseillers auraient-ils pu défendre la ville contre des pro-
cédures et rapports faits dans cet intervalle, d'autant qu'il paraît que l'édit d'union ne leur fut même
connu qu'à la fin de 1565 (92)?

Fondé sur ces motifs, le conseil de ville forma
opposition, comme tiers non ouï, à l'enregistrement
de l'édit. Le procès fut porté et instruit pendant
plus de deux années au conseil d'état. Il serait tout-
à-fait superflu d'indiquer les mémoires, délibérations, députations, qui furent rédigés ou envoyés à
cette occasion, et dont il est question dans les registres ou archives de Grenoble (93). Nous ne nous
arrêterons qu'à deux ou trois circonstances, parce

(91) Ceci est un extrait d'une foule de délibérations prises
depuis le 8 juin 1564 jusqu'au 13 juillet 1565. Voyez *dd.
reg. mss.*

(92) La première délibération où il en soit question est datée
du 14 décembre 1565. Voy. *iid.*

(93) Voy., entre autres, Mémoir. mss. au même sac, et d.
reg. mss., 13, 15 et 17 mars, 2 juin, 23 août, 8 et 15 nov.
1566, et 13 juin 1567.

qu'elles eurent beaucoup d'influence sur la décision finale.

I. En ordonnant l'union des deux Universités , l'édit d'avril 1565 avait en même temps décidé que les 1400 liv. prélevées sur les produits des gabelles pour l'entretien de l'Université de Grenoble seraient payées à celle de Valence (94). Il résulta de là que la ville de Grenoble, déjà dénuée de ressources, et dont les charges et dettes s'étaient augmentées pendant la guerre civile de 1562 et 1563, se trouva hors d'état d'entretenir les professeurs. Ceux-ci cessèrent leurs lectures ; les élèves quittèrent la ville, et l'Université parut tomber d'elle-même.

La détresse de la ville était telle, qu'elle fut réduite : 1.°, le 24 mai 1566, à proposer aux héritiers de Govéa de leur emprunter les honoraires arriérés qu'elle devait à celui-ci avant son décès ; 2.°, le 26 janvier 1567, à proposer aussi à Loriol, auquel elle devait également des arrérages considérables, de renouveler sa conduite, qui expirait le mois suivant, mais en se soumettant à ne recevoir aucun honoraire à l'avenir, si la ville perdait le procès relatif à l'union ; marché singulier, dont Loriol ne voulut pas courir la chance (95).

<hr>

(94) Voy. dd. mémoir. mss., et dd. reg., 14 et 28 décemb. 1565 ; 11, 18, 21 et 25 janv. ; 1.er mars, 30 juin et 8 et 15 novembre 1566 ; Chorier, Hist. génér., ij, 612.

(95) Voy. d. reg. mss., mêmes dates.

Enfin elle fut obligée d'emprunter pour payer Loriol. Voyez *dd. reg.*, 1 *et* 14 *juill.* 1567, *f.* 22 *et* 25.

662

Observons à ce sujet que les biographes n'ont pas été plus exacts pour Loriol que pour Gribald et Govéa. Simon, par exemple, dit que Loriol professa à Bourges et à Valence, où il mourut en 1558 (96), tandis que nous voyons par nos registres, qu'au mois de février 1567, Loriol professait encore à Grenoble, dont Simon ne parle pas, et qu'au 1er juillet suivant il y soutenait contre la ville un procès pour ses honoraires arriérés (97). Il paraît même certain, par une de leurs énonciations, qu'il y mourut, et seulement vers 1573 (98).

II. Une opération adroite du conseil de ville de Valence ne fut pas moins nuisible à la ville de Grenoble, que la cessation temporaire des cours de notre Université. Au mois d'avril 1567, il envoya à Cujas, pour lors professeur à Turin, un député qui passa avec lui, le 5 mai, un traité pour l'engager comme

(96) Voy. id., Biblioth. du droit, ij, 159. M. Haase, *p.* 28 *et* 30, et Bruneau, *supplém. au Traité des criées, p.* 96, ont commis la même erreur.

(97) Voy. d. reg. mss., 26 janv. et 1.er juill. 1567, p. 360 et 22.

(98) En 1574, Loriol fils, ayant été cotisé à la taille, en fut exempté, sur sa demande, par le conseil municipal, soit parce qu'il était du nombre des vingt-un avocats consistoriaux du parlement, soit en considération « des bons et agréables ser- » vices ci-devant faits à la ville par feu M Loriol son père. » Si le décès du père eût été de plus d'une année antérieur à 1574, le fils, dès-lors cotisé, n'eût pas manqué de former la même réclamation. Voy. d. reg., 21 *mai* 1574.

professeur à Valence, mais un traité subordonné à
la ratification de la ville. La ville de Valence ajourna
sa ratification jusques à la décision du procès relatif
à l'union. Elle envoya sur-le-champ le même député
à Paris, avec des lettres pour Montluc, où elle lui
faisait observer que si elle n'obtenait pas l'union (et
par là même les 1400 liv. affectées annuellement à
l'Université de Grenoble), elle serait hors d'état de
payer les honoraires promis à M. Cujas (99).

Ces honoraires étaient en effet très-considérables.
Indépendamment des rétributions des grades et de
cent écus d'or pour les frais de son voyage de Turin à
Valence, on promettait à Cujas une somme annuelle
de 1600 liv. et la location gratuite d'une maison. On
pourra juger de ce que ces honoraires vaudraient à
présent, par la différence des loyers de la maison,
qu'après bien des recherches nous avons découvert
être située dans la rue Saint-Félix de Valence, et
appartenir aujourd'hui à madame veuve David de
Grenoble. Elle fut louée, en 1567, pour Cujas, 70 liv.,
et aujourd'hui elle produit plus de 600 francs, ou
huit à neuf fois plus qu'en 1567.

Il faut l'avouer, c'était un bien singulier motif
que le défaut de ressources que la ville de Valence
faisait valoir pour demander la suppression de l'Université de Grenoble. Il dut néanmoins être du plus

(99) Voy. reg. mss. des conclusions de la ville de Valence,
du 22 mai 1567, et autres cités dans notre Vie de Cujas,
éclaircissemens, § 8, n. 8.

674

grand poids auprès de Montluc, à cause de son estime et de son affection pour Cujas, qui étaient telles,
que, pour aider la ville de Valence, il lui abandonna,
pour tout le temps que Cujas y professerait, 200 liv.
de pension qu'elle lui faisait annuellement 100). On
conçoit, d'ailleurs, que Montluc dût être fort em-
pressé d'attacher à l'Université dont il était le chef,
en qualité de chancelier (101), un savant déjà placé
par l'opinion la plus générale à la tête des jurisconsultes de ce siècle, et qu'en même temps cette réputation de Cujas dût également, au conseil d'état,
concourir à faire pencher la balance en faveur de
l'Université à laquelle il s'agrégeait.

Aussi, quoique la cause de l'Université de Grenoble fût fortifiée de l'avis des tribunaux suprêmes
et de celui des états de la province, le 6 ou le 10 juin
1567, ou quelques jours à peine (102) après l'arrivée
du député de Valence à Paris, l'opposition de la ville
de Grenoble fut rejetée par le conseil d'état, et l'édit
d'union maintenu avec toutes ses conséquences; et,
aussitôt qu'on en eut l'avis officiel à Valence, le 6
juillet, on ratifia la conduite passée avec Cujas, qui
se rendit bientôt dans cette ville.

(100) Voy. d. reg. mss. de Valence, 11 juin 1567.

(101) Voy. ci-devant, note 82, p. 38; Scaligerana secunda,
mot *Recteur*, p. 530.

(102) Voy. d. reg. mss. de Valence, 6 juillet 1567; mémoires mss. au sac cité à la note 5, p. 4; Chorier, Histoire
génér., ij, 612.

III. On voit que c'est surtout à la protection puissante de Montluc que l'Université de Valence dut son triomphe. Plusieurs documens le prouvent: tels sont d'abord la délibération prise par le conseil de Valence, le 22 mai 1567, où l'on s'en rapporte à Montluc pour le traité fait avec Cujas, et où on lui envoie un député à Paris pour solliciter l'union, et une lettre de ce député, du 4 juin suivant, où il annonce qu'il a trouvé monseigneur l'évêque dans de bonnes dispositions touchant l'union des Universités et la conduite passée avec M. Cujas (103)... Telle est aussi une lettre du député de Grenoble à Paris (Bectos de Valbonais, premier consul , datée du 28 juillet précédent, 1566, où, parlant d'une entrevue avec le maître des requêtes, rapporteur du procès, il dit qu'il en espère bonne justice, quoique *le crédit de monseigneur de Valence soit grand* (104).

Ce crédit était assez naturel. Issu d'une des plus illustres familles de l'Europe, celle de Montesquiou-Fezenzac (105), frère et père naturel de deux maréchaux de France, Jean de Montluc était conseiller au conseil privé (106), ce qui équivalait aux fonctions

---

(103) Voy. d. reg. mss. de Valence, 22 mai et 11 juin 1567.

(104) Voy. cette lettre au sac cité à la note 5, p. 4.

(105) Voy. Moréri, mots Montluc et Montesquiou.

(106) Il l'était depuis environ 1559; car Cujas, dans sa défense de Montluc (*præscriptio pro Monlucio*), composée vers la fin de 1574 (voy. *notre Vie de Cujas, éclairciss.* § 5, n° 29),

676

actuelles de ministre d'état, et il était généralement regardé comme un des hommes les plus éloquens et les plus habiles de son temps. On lui confia à l'intérieur du royaume, même sur la fin de ses jours, quoiqu'il eût encouru la disgrâce de Henri III, les affaires les plus difficiles (107), et, à l'extérieur, les

dit qu'il y a quinze ans qu'*il est* du conseil privé. Voy. *id.*, *opera*, *édit. de Fabrot, viij*, 1262.

On voit aussi, par ces expressions de Cujas, que Montluc était encore du conseil privé à la fin de 1574. Néanmoins, M. Dufau *(Hist. génér. de France, t.* 1*, p.* 3g*)* ne le comprend point dans la liste des membres dont il dit que ce conseil fut composé par Henri III pendant son séjour à Lyon, c'est-à-dire pendant septembre, octobre et la moitié de novembre 1574 (voy *lettr. dans les addit. aux mém. de Castelnau, iij*, 440, 442, *n.°* 138 *et* 143). C'est une omission. L'assertion de Cujas est confirmée par Matthieu, qui, en citant le réglement de Henri III, indique l'évêque de Valence au nombre des conseillers autorisés à rester dans la chambre du Roi, lorsqu'il y entrait pour délibérer avec ses ministres. Voy. *id., t.* 1*, p.* 403; Secousse, *Acad. des Inscript., xvij*, 662.

(107) Entre un grand nombre de commissions dont nous avons la note, nous nous bornerons à citer celle de la surintendance générale de police, justice, finances et octrois des villes dans le Languedoc, qui lui fut délivrée par des lettres-patentes du 12 janvier 1578 (quinze mois avant sa mort) avec la mission délicate de pacifier les troubles de religion dans cette province. (Voy. *D. de Vienne, Hist. de Languedoc, t.* 5*, p.* 368.)

Ce fut l'élection au trône de Pologne qui priva Montluc de la faveur de Henri III, parce que ce monarque ne la regardait que comme une espèce d'exil. Voy. *D'Aubigné, Hist., liv.* 2*, ch.* 2*, t.* 2*, p.* 667.

négociations les plus épineuses. Il fut chargé de seize ou dix-sept ambassades différentes (108), dont deux en Turquie, autant en Pologne, à Rome et en Angleterre ; d'autres en Hongrie, à Venise, en Écosse, en Belgique, etc. (109). Pendant sa seconde ambassade en Pologne, ou cinq ans après l'union de l'Université de Grenoble à celle de Valence, il parvint, malgré les plus grands obstacles, à faire nommer roi de Pologne le duc d'Anjou, depuis Henri III (110).

Remarquons, en passant, une nouvelle ou plutôt de nouvelles erreurs des biographes. Chaudon, tout bénédictin qu'il était, 1° désigne dans son Dictionnaire historique portatif, devenu dans la suite *importatif*, si l'on peut parler ainsi, cette seconde ambassade de Pologne comme la première des seize ou dix-sept ambassades de Montluc, et ce fut justement la dernière (111) ; 2° il lui fait donner par le Roi, en ré-

(108) Le Laboureur (*Add. aux mém. de Castelnau, liv. 2, chap. 5, t. 1, p. 427*) et Moréri (mot *Montluc*) disent seize ambassades : Montluc, dans sa seconde harangue aux Polonais, semble en compter dix-sept. Voy. *id., dans La Popelinière, Hist. de France, in-f°, 1581, liv. 35, f. 172.* — Au reste, les historiens n'en indiquent pas un plus grand nombre ; d'où il résulte que sa carrière diplomatique se termina avec sa seconde légation en Pologne.

(109) Voy. Cujas, *præscriptio pro Montlucio*, n° p. 1262.

(110) Voy. La Popelinière, *ibid.*, f. 162 et suiv., les deux harangues de Montluc, *ibid.* ; Choysnin, discours, etc. pour l'élection du roi de Pologne, 1574.

(111) Voy. ci-devant, note 108.

4

672

compense du succès de la même ambassade, l'évêché de Valence, et Montluc avait cet évêché depuis
vingt ans (112)!

Un autre événement nous fournit encore une
preuve plus forte du crédit de l'évêque de Valence.
D'après le droit romain, la succession des enfans
morts sans descendans et frères ou sœurs germains

(112) Il y fut nommé en 1553. Voyez *Columbi, de rebus
gestis Valentinor. episcop.*, p. 214.

Les mêmes erreurs sont dans le Diction. de Prudhomme,
mot *Montluc* (Après avoir parlé de l'élection de Pologne, il
annonce que Montluc fut *ensuite* nommé ambassadeur en Italie, Allemagne, Angleterre, Écosse et à Constantinople).

M. de la Cretelle, dans son Histoire de France, ouvrage
d'ailleurs si recommandable, s'est également trompé lorsqu'il
dit (*liv. 7, t. 2, p.* 390) que Montluc « avait déjà, en semant
l'or et les promesses, gagné un parti nombreux au duc d'Anjou,
lorsqu'on apprit (en Pologne), mais avec des détails confus,
le massacre général des protestans en France. » Nous voyons,
soit dans La Popelinière (*liv.* 30, *f.* 85), soit dans Choysnin
(*disc. déjà cité, f.* 8 *et suiv.*), soit dans De Thou (*lib.* 53, *ad
ann.* 1572, *p.* 841), que Montluc, quoique parti le 17 août,
arrêté à chaque instant dans son voyage par une multitude
d'obstacles, ne put arriver en Pologne que le quinze octobre;
que, tombé malade à Épernay, il avait appris, avant d'être
sorti de la Champagne, la nouvelle de la Saint-Barthélemi, et
que cette nouvelle était répandue dès long-temps avant qu'il
eût atteint les frontières de Pologne; qu'elle mit même Choysnin, par qui il s'était fait devancer, dans une position très-
embarrassante; que tout ce que put faire Choysnin, ce fut
d'obtenir qu'on ne condamnerait point le duc d'Anjou avant
d'avoir entendu *le boiteux*, c'est-à-dire l'évêque de Valence.

appartient, après la mort de leur père, à leur mère, à l'exclusion de tous les parens paternels des enfans (113). Blaise de Montluc, frère de l'évêque, avait assuré ses biens, situés en pays de droit écrit, à son fils Pierre, en le mariant à Marguerite de Caupène. Pierre périt dans une expédition contre l'île de Madère, en 1565, laissant un fils en bas âge. L'évêque, voulant empêcher, en cas que son petit-neveu mourût jeune, que les biens des Montluc ne passassent à la famille de Caupène, eut assez de pouvoir pour faire rendre, au mois de mai 1567, un mois à peine avant l'arrêt d'union des deux Universités (114), un édit connu sous le nom d'édit de Saint-Maur, ou édit des mères, par lequel, au mépris des lois romaines, consacrées par un usage de plusieurs siècles, on réservait aux parens paternels les biens qui étaient parvenus aux enfans, du chef de leur père.

(113) Voy. Novelle 118, chap. 2.

(114) Quatre mois auparavant, ou en janvier 1567, il avait obtenu du Roi des lettres de légitimation pour Jean de Montluc de Balagny, son fils naturel. Voy. *Moréri*, mot *Montluc; Dreux du Radier, Biblioth. histor. de Poitou*, ij, 399.

Cet acte est une preuve non moins décisive de l'étendue de son crédit en 1567, puisque les enfans des prêtres étaient rangés dans la classe des enfans incestueux, et qu'il est de règle que les incestueux ne peuvent point être légitimés. Mais, quelque illégal qu'il fût, il effaça le vice de la naissance de Balagny. Il fut depuis maréchal de France, et il épousa deux femmes appartenant à des maisons illustres, Rénée de Clermont d'Amboise et Diane d'Estrées de Cœuvres (*Moréri, ibid.*).

N. B. L'édit de Saint-Maur a été rapporté en 1729.

4*

Si nous adoptions de confiance les époques indiquées par les biographes, tels que Moréri, l'auteur de la partie historique de l'Encyclopédie, Chaudon (115), nous ne comprendrions rien à cette espèce d'intrigue dont nous devons les détails curieux au président De Thou, parce que, faute d'avoir examiné avec soin son récit de l'expédition de Madère, ils ont reculé à l'année 1568 la mort de Pierre de Montluc (116), tandis qu'elle a, au contraire, précédé

(115) Voy. ces biographes, mot *Montluc*.

(116) Ce qui a pu induire en erreur Moréri et ses copistes, c'est que De Thou a placé à son livre XLIV, où il rapporte les événemens de 1568, le récit de l'expédition de Madère ; mais, en lisant avec attention ce récit, ils auraient facilement reconnu que De Thou le fait remonter à l'an 1565. En effet, au commencement du livre (*édit:* 1620, *ij*, 530), il parle du retour de Dominique de Gourgues, de son expédition en Floride, retour qui eut lieu le 6 juin 1568; mais, avant d'en donner les détails, il juge à propos, dit-il, de parler d'autres expéditions antérieures, faites aux Indes. Alors il raconte celles de Ribaud qui eurent lieu en 1562, 1564 et 1565. Ensuite il passe à celle de Montluc à Madère, en disant qu'elle se fit *eodem anno*, expressions qui se rapportent évidemment à 1565, et que Moréri aura cru indiquer 1568. Ce qui prouve d'ailleurs qu'il s'agit de 1565, c'est qu'il dit 1° qu'elle se prépara après l'entrevue de Bayonne qui eut lieu précisément en juin et juillet 1565 (Voy. *ib.*, *lib.* 37, *p.* 321, 322); 2° que c'est après cette expédition et celle de Ribaud qu'on entreprit celle de Gourgues (il en commence le récit à la fin de la *p.* 537), qui partit le 22 août 1567 (*p.* 538) pour rentrer le 6 juin 1568 (*p.* 539).

de deux ans le fameux édit de Saint-Maur (117).

Le conseil de ville de Grenoble n'avait pas un protecteur aussi puissant que Montluc. Il ne fut informé que tard de l'arrêt d'union. La première assemblée où l'on parle de démarches à faire pour conserver l'Université, est postérieure de trois mois, c'est-à-dire fut tenue le 12 septembre 1567 (118);

(117) Il est bien clair que si Pierre de Montluc n'eût péri qu'en 1568, l'évêque, son oncle, n'aurait pas eu intérêt à faire rendre, en mai 1567, l'édit de Saint-Maur; car assurément il n'aurait pas pu prévoir alors que son neveu serait tué l'année suivante.

Ces mesures extraordinaires annoncent, au surplus, qu'il y avait entre les frères Montluc une union fort étroite, ce qu'il serait difficile de concevoir si l'on admettait ce que dit M. de la Cretelle (*Histoire de France, ij, 16*), que « le maréchal » de Montluc, dans ses Mémoires, ne parle jamais de son » frère, l'évêque de Valence, dont il condamnait sans doute les » opinions et la politique..... » Mais c'est une erreur. Le maréchal parle, au contraire, à diverses reprises, de son frère. Ainsi (*t. 2, liv. 7, f. 166, édit. de 1593*), il annonce qu'au mois de septembre, avant la bataille de Montcontour, c'est-à-dire de l'an 1569, l'évêque était à Gaure; au mois d'octobre suivant (*f. 172*), à Lectoure; au milieu de décembre (*f. 182*), à Bordeaux...... Ainsi, en racontant les événemens de 1570, il dit qu'au mois de juin l'évêque se rendit encore à Bordeaux, afin de chercher à se procurer des fonds pour l'expédition de Béarn projetée par le maréchal (*f. 190*); que, celui-ci ayant été blessé à l'assaut de Rabasteins (23 juillet), l'évêque ne le quitta jamais, jusqu'à ce qu'il le vît hors de danger (*f. 212*)....

(118) Voy. reg. mss. de Grenoble, d. date, f. 47.

682

mais, le 29 du même mois, la seconde guerre civile religieuse éclata dans tout le royaume. Il fallut s'occuper de soins plus importans jusques à la publication de la paix, ou plutôt de la trève du 23 mars 1568, connue sous le nom de paix boiteuse ou mal assise (119).

On fit aussitôt des réclamations. Nous avons découvert, dans les archives de la mairie, une feuille chargée de ratures et apostilles, intitulée *Mémoires à présent dressés* (120), *pâques*, 1568, et pâques fut le 18 avril. Nous y jetterons un coup d'œil, parce qu'elle donne une idée des opinions et de l'esprit du temps.

On y observe d'abord que l'Université est un privilége accordé à la ville de Grenoble, et que tous les priviléges furent consacrés par le transport du Dauphiné en 1349...... ; mais ce moyen dut faire peu d'impression, parce que l'édit du dauphin Humbert, de 1340, qu'on citait, n'indiquait pas précisément la création de l'Université ; tandis que celui du 25 juillet 1339, dont on paraît n'avoir pas eu con-

---

(119) C'était par allusion, soit au peu de durée de cette paix et à l'inexécution de ses conditions, soit à ses deux principaux négociateurs, dont l'un, Armand de Biron, depuis maréchal de France, était boiteux, et l'autre, Henri de Mesmes, était seigneur de Mal-Assise. Voy. *De Thou, ad annum* 1568, *lib.* 42, *in fine ; Moréri*, mot *Mesmes (Henri de); journal de l'Etoile, édit. de* 1744, *t.* 1 *, p.* 35, *note de Lenglet*

(120) Ils sont au sac cité à la note 5. p. 4.

naissance, dispose expressément, comme nous l'avons vu, que l'Université créée serait perpétuellement fixée à Grenoble, *ut in ea essent perpetuò generalia studia utriusque juris, medicinæ et artium.*

Après avoir ensuite rappelé la restauration faite en 1542 par le comte de Saint-Pol, l'édit de confirmation donné en 1547 par Henri II, avec la clause *en tant que de besoin*, qui laissait subsister dans toute sa force la création primitive du dauphin, on passe aux moyens qui, dans ce temps, devaient être les plus décisifs.

« Les écoliers catholiques, y dit-on, ne voudraient » aller, ni leurs parens les laisser aller à Valence, où » les deux principaux régens, MM. Cujas et de Bon-» nefoi, sont de prétendue religion.... (121)...»

(121) On y reproche aussi aux Valentinois d'avoir favorisé la réforme, et, entre autres, de n'avoir pas démantelé leur ville, comme le Roi l'avait ordonné.

Le premier reproche pouvait paraître fondé au moment où l'on dressa le mémoire, c'est-a-dire le 18 avril 1568, puisque la paix du 23 mars précédent n'avait été publiée à Valence que le 15 avril, ce qu'on pouvait aussi ignorer à Grenoble le 18, et que le chef des protestans, Miribel, n'avait point encore remis les clefs de la ville (ce ne fut que le 19). Voy. *reg. mss. des conclus. de Valence,* 12, 15 *et* 19 *avril* 1568.

Quant au second reproche, Chorier (*Hist. génér., ij,* 601) et M. Dufau (*Hist. de France, xxx, part.* 2, *pag.* 23) disent, au contraire, sous l'an 1565, que les fortifications de Valence furent démantelées. Ces deux assertions opposées pourraient se concilier, en admettant que les fortifications de Valence furent

684

Nous remarquerons, au sujet de ce passage, 1° que l'expérience prouva bientôt la futilité de l'objection, car les leçons de Cujas attirèrent à Valence un nombre prodigieux d'élèves de tout pays ; 2° que ce passage prouve que la religion de Cujas, sur laquelle les biographes modernes sont encore partagés, était au moins alors un problême, puisqu'on lui attribuait les mêmes opinions qu'à Bonnefoi, protestant déclaré, qui échappa avec peine aux massacres de la Saint-Barthélemi, et alla finir ses jours à Genève (122).

On observe ensuite, dans le mémoire, qu'on doit toujours craindre du désordre à Valence ; que, par exemple, dit-on naïvement, « M. Hotoman, principal régent en 1566, qui était de prétendue religion, y reçut un soufflet, puis s'en alla avec cela (123). »

réellement démantelées, mais seulement après la paix de 1568, de sorte que Chorier et M. Dufau ne se seraient alors trompés que d'époque.

(122) Voy., sur ces divers points, notre Histoire de Cujas, à la suite de notre Histoire du Droit.

(123) Il est certain que Hottoman quitta Valence à la fin de 1566, pour aller professer à Bourges, où il fut appelé par Marguerite de France, duchesse de Savoie et de Berri, et par le chancelier de l'Hospital, en remplacement de Cujas, que la duchesse avait aussi appelé à Turin (voir la même Hist.). Cela résulte de la vingt-troisieme préface ou épître d'Hottoman, datée du 13 avril 1567, et où il annonce qu'il est à Bourges depuis quelques mois. Voy. d. préf., p. 28, in oper.

On termine par soutenir que les élèves seront
mieux à Grenoble, où il y a de plus éminens per-
sonnages.

Ce qu'il y a de plus curieux dans cette pièce, ce
sont les moyens qu'on indique à la fin comme devant
être employés pour réplique aux objections de Valence. Ils montrent qu'on espérait surtout tirer grand
avantage de l'hérésie des professeurs ; car, prévoyant
que les Valentinois pourraient rétorquer l'argument
contre Grenoble, on dit qu'il faudra répondre que
«MM. Athénée, Riquier, de Boissonne et de Govéa,
» et autres docteurs étrangers de l'Université de Gre-
» noble, allaient tous à la messe.»

Mais comme une simple allégation n'eût pas été
de grand poids par rapport à Gribald, à cause de
l'éclat qu'avait eu son expulsion, et par rapport à
Loriol, qui devait être bien connu à Valence où il
avait professé plusieurs années, on invite à donner
sur leur compte les explications suivantes :

«Les enfans et domestiques de M. Loriol allaient
» tous à la messe, et de lui ne s'est vu sortir aucune
» chose onéreuse, ni qu'il suivît oncques l'exercice
» de prétendue religion, fors qu'il était fort solitaire
» et ne se montrait guère qu'à sa leçon.»

Voilà tout à la fois et un aveu naïf de l'hétérodoxie
de Loriol, et un éloge de sa manière d'agir ; car la

ejusd., t. 3, à la fin, édit. de 1600. Mais nous ne trouvons
nulle part rien qui soit relatif à l'aventure fâcheuse indiquée
ci-dessus.

circonspection et l'exactitude sont certainement de grandes qualités dans un professeur.

« M. Moffa », poursuit-on (il faut se rappeler que Mathieu Gribald s'appelait aussi Moffa, et qu'il était seigneur de Fargies, sur le territoire de Colonge, au pays de Gex, appartenant alors au canton de Berne), « M. Moffa, durant sa première *conduite,* en 1543 et » 1544, allait toujours à la messe : à la dernière, en » 1560, il disait ne pas oser, pour ce que ses biens » étaient sous les Bernois, auprès de Colonges, qui » les lui eussent ôtés.»

Nous doutons beaucoup qu'un tel motif eût justifié, auprès de la cour de Charles IX, les Grenoblois d'avoir accueilli et soutenu Gribald. Les protestans, il est vrai, tout comme les catholiques, lorsqu'ils dominaient dans un pays, saisissaient ou taxaient les biens de leurs adversaires pour les frais de la guerre : les registres de Grenoble et Valence en font foi (124); mais les cantons suisses, loin d'avoir la guerre avec la France, étaient alors ses alliés; et leurs troupes, le 29 septembre 1567, six mois avant la rédaction du mémoire, avaient sauvé Charles IX

(124) Ainsi, à la fin de 1567, les réformés s'étant saisis de Valence, faisaient peser les frais de la guerre, dans cette ville, sur les catholiques, et ceux-ci, restés maîtres de Grenoble, les y faisaient supporter aux protestans. Voy. *reg. mss. des conclus. de Valence,* 8 *décemb.* 1567 *et jours suivans; id. de Grenoble,* 26 *décemb.* 1567 *et jours suivans, et* 19 *févr.* 1568.

que les protestans, commandés par le prince de Condé, avaient été au moment d'enlever (125).

On termine ce mémoire par dire qu'il faudrait faire une requête *lugubre* au Roi, pour demander le maintien de l'Université et la jouissance des revenus accordés sur les gabelles.

Nous ignorons si ce mémoire singulier fut présenté au Roi; nous voyons seulement qu'en 1576 Henri III continua à l'Université de Valence le prélèvement de 2000 liv. sur les gabelles, dont précédemment la moitié était donnée à l'Université de Grenoble (126); qu'en 1579, Catherine de Médicis étant venue à Grenoble, on réclama vainement auprès d'elle le rétablissement de l'Université, et que le connétable de Lesdiguières ne réussit pas mieux dans la suite (127).

Mais le peu de succès de ces démarches ne porte aucune atteinte à la légitimité des titres qu'aurait pu faire valoir la ville de Grenoble, tels que l'édit de 1339, et il ne prouve pas non plus que l'Université n'y fût point bien placée. L'expérience avait démontré le contraire pendant vingt-cinq ans, puisque les élèves y affluaient au temps de Gribald et de Govéa. Si celle de Valence acquit bientôt une grande réputation sous le professorat de Cujas, ce fut précisé-

(125) Voy. De Thou, hist., lib. 42, ad ann. 1567.

(126) Voy. transaction de 1582, au sac cité à la note 5, pag. 4.

(127) Voy. Chorier, hist. génér., ij, 688, 612.

ment à l'aide des secours que lui fournit la suppression de l'Université de Grenoble, dès que, sans cela, d'après l'aveu de son conseil de ville, elle n'eut pu mettre à sa tête le premier jurisconsulte du monde.

Il est probable d'ailleurs, et c'est aussi l'opinion générale dans nos pays, que jamais les autorités administratives et judiciaires de Grenoble ne renoncèrent aux droits de leur ville, et que, de temps à autre, ils essayèrent de faire entendre leurs réclamations au gouvernement (128).

Il y prêta enfin attention vers le commencement du dix-huitième siècle, lorsque la décadence de la première Université du ressort de notre ancienne cour supérieure, Valence, et la nullité complète de la seconde, Orange, prouvèrent par des faits matériels combien l'on s'était trompé sous Charles IX, lorsqu'on avait supprimé celle de Grenoble.

(128) C'est ici que finissait notre premier travail, lorsque nous le soumîmes à la Société des sciences et des arts de Grenoble, le 23 septembre 1819. Les faits suivans ont été puisés pour la plupart dans le compte rendu de M. de Sauzin et dans le mémoire du parlement de Grenoble, imprimés en 1765 par ordre de cette compagnie, et intercallés ensuite dans le tome 24 des édits par elle enregistrés (*Grenoble, in-4°, chez Giroud*); compte et mémoire que nous allons citer, et qui nous furent indiqués, après la séance, par M. Jourdan, membre de la Société.

Au reste, nous avons aussi fait à ce qui précéde beaucoup d'additions, surtout aux notes, d'après diverses recherches postérieures à la première lecture.

Dès le 13 septembre 1732, sous le ministère et d'après l'impulsion de l'illustre chancelier d'Aguesseau, un arrêt du conseil créa une commission pour examiner l'état des deux Universités. Elle fut composée des premier président et procureur général au parlement de Grenoble, MM. de Grammont et Vidaud de la Bâtie, de deux conseillers à la même cour et de l'intendant de la province du Dauphiné, M. de Fontanieu, et l'on ordonna aux deux Universités de lui remettre leurs titres et leurs registres de dix années. La commission, après avoir en vain attendu la remise de ceux de Valence, donna, le 30 août 1738, son avis, dont la conclusion était qu'il fallait supprimer l'Université d'Orange, et transférer celle de Valence à Grenoble.

Les deux Universités réclamèrent à leur tour, comme n'ayant pas été entendues. On renouvela la commission en 1742. MM. de Sauvigny et de Piolenc y furent substitués à MM. de Fontanieu et de Grammont. L'Université de Valence leur envoya, au mois de février, des députés avec ses titres. Enfin la seconde commission donna, le 12 février 1744, un second avis en tout conforme à celui de la première.

Malgré cette autorité imposante, et quoique le dépérissement des études à Valence devînt chaque jour plus sensible, et que le parlement fît de temps en temps quelques tentatives, les choses restèrent au même état jusques en 1764.

Il en essaya une nouvelle cette année. Par arrêtés

des 24 juillet, 6 septembre et 28 novembre, il char-
gea M. de Sauzin, un de ses conseillers, de faire des
recherches, et de lui présenter un rapport sur la
même matière. Ce magistrat, aidé des documens qu'il
trouva dans l'avis de la seconde commission (129),
soumit son travail aux chambres assemblées, le 11
décembre 1764. Enfin, le 20 mars 1765, le parlement présenta au Roi un mémoire où, adoptant
d'abord une opinion précédemment émise par le
chancelier d'Aguesseau (130), il proposait de suppri-

(129) Il avoue (*pag.* 21) que l'avis de la commission lui
fut fort utile pour le précis historique par lequel il commença
son rapport ou compte rendu.

Ce précis historique énonce quelques-uns des faits que nous
avons rapportés au commencement de notre travail ; mais il
garde le silence sur presque tout ce qui s'est passé au seizième
siècle, entre autres, sur les événemens relatifs à l'enseignement de notre Université, à ses professeurs, à son union, à celle
de Valence, etc., etc. Enfin, dans le petit nombre de ceux
qu'il rapporte, il y a des inexactitudes. C'est que, chose assez
étrange, les commissaires et successivement M. de Sauzin se
sont bornés à consulter Valbonnais et les titres remis par les
Universités de Valence et d'Orange. Ils n'ont compulsé ni les
auteurs contemporains, ni même les registres de la mairie de
Grenoble qui étaient pour ainsi dire sous leurs mains. Il est
vrai que, pour y découvrir les faits retracés ci-devant, nous
avons été obligés d'examiner les délibérations d'une trentaine
d'années, où ils sont épars, examen que la mauvaise écriture
et les abréviations du temps, l'obscurité des rédactions, etc.
ont rendu très-long et très-difficile.

(130) Ainsi l'établissement d'une école de droit à Grenoble a en sa faveur le suffrage du plus grand magistrat du
18.ᵉ siècle.

mer les deux Universités d'Orange et de Valence, et
d'en créer une à Grenoble pour les remplacer.

Il demanda ensuite, dans le cas où l'on trouverait
trop de difficulté à cette opération, de supprimer la
première Université et de transférer la deuxième à
Grenoble, et, en dernière analyse, si les suppres-
sions répugnaient trop, de créer une troisième Université à Grenoble.

Les motifs, soit du mémoire du parlement, soit
du rapport de M. de Sauzin, sont, entre autres, que
la situation des deux Universités de Valence et d'O-
range est vraiment déplorable ; que la première,
depuis l'érection de l'Université de Turin, surtout
depuis celle de la Faculté de Droit de Dijon, en 1723,
réduite à quelques élèves du pays, est tombée dans
un état de langueur dont elle ne s'est plus relevée ;
qu'à celle d'Orange, dès le seizième siècle, on ne
faisait pas « et on ne fait jamais à présent aucune
» leçon ; que les actes s'y réduisent exactement à
» ceux que répètent, à l'improviste et en courant,
» les voyageurs à qui l'on confère des degrés : le reste
» des examens et des études est feint et simulé(131).»

Cette démarche, encore plus imposante que celle
des commissions de 1738 et 1744, d'autant que les
mémoires du parlement et de M. de Sauzin furent
rendus publics par la voie de l'impression, n'eut pas
néanmoins plus de succès. Les mémoires furent
oubliés ; l'Université d'Orange ne reprit point ses

(131) Mémoire du parlement, p. 51 et 52.

692

leçons; le nombre des élèves de celle de Valence ne s'accrut point; car, au moment de la révolution, l'on y en comptait à peine une douzaine, quoiqu'elle eût des professeurs du plus grand mérite (132); et toutes les deux ne continuèrent pas moins, jusques à leur suppression, à conférer les grades, dits *per saltum*, à tous les particuliers qui en avaient la fantaisie ou le besoin, et auxquels leurs affaires permettaient de séjourner dans ces villes pendant les deux jours qui suffisaient aux cérémonies des inscriptions, des examens et des actes (133).

Au reste, la justice des réclamations du parlement de Grenoble a été depuis prouvée de la manière la plus décisive par l'état florissant de la nouvelle école de Droit de cette ville. Dès son érection, vers 1805, sa prospérité a été toujours croissante, quoiqu'on y ait tenu à l'observation des règles, soit quant aux inscriptions, soit quant à l'assiduité des élèves, soit quant à la rigueur et à la publicité des examens et actes, avec une sévérité bien opposée au relâchement étrange, ou plutôt scandaleux, qui s'était depuis si long-temps glissé dans presque toutes les anciennes académies du royaume.

(132) Entre autres M. Planel, actuellement professeur-doyen de la Faculté de Droit de Grenoble.

(133) Nous pouvons l'assurer d'après un témoin que nous devons bien connaître. Au surplus, ces abus s'étaient introduits dans la plupart des Universités bien long-temps avant les réclamations du parlement de Grenoble. Nous pourrons y revenir dans notre Histoire du Droit.

FIN.

693

694

695

696

www.ingramcontent.com/pod-product-compliance
Lightning Source LLC
Chambersburg PA
CBHW060806180626
46818CB00002B/714